El Jardín de Neve
MAR CARRIÓN

Editado por Harlequin Ibérica.
Una división de HarperCollins Ibérica, S.A.
Núñez de Balboa, 56
28001 Madrid

© 2015 Mar Carrión Villar
© 2016 Harlequin Ibérica, una división de HarperCollins Ibérica, S.A.
El jardín de Neve, n.º 100 - 1.3.16

Todos los derechos están reservados incluidos los de reproducción, total o parcial. Esta edición ha sido publicada con autorización de Harlequin Books S.A.
Esta es una obra de ficción. Nombres, caracteres, lugares, y situaciones son producto de la imaginación del autor o son utilizados ficticiamente, y cualquier parecido con personas, vivas o muertas, establecimientos de negocios (comerciales), hechos o situaciones son pura coincidencia.
® Harlequin, HQN y logotipo Harlequin son marcas registradas por Harlequin Enterprises Limited.
® y ™ son marcas registradas por Harlequin Enterprises Limited y sus filiales, utilizadas con licencia. Las marcas que lleven ® están registradas en la Oficina Española de Patentes y Marcas y en otros países.
Imagen de cubierta utilizada con permiso de Fotolia.

I.S.B.N.: 978-84-687-7799-3
Depósito legal: M-40142-2015

Siempre hay flores para el que desea verlas
                                               Henri Matisse

Capítulo 1

Cuando Kyle Barnes entró en la cafetería de Murphy aquella soleada mañana del mes de julio, la taza de café se quedó a medio camino entre la mesa y los labios de Neve. Al principio, mientras él escudriñaba el atestado local y se decidía a tomar asiento frente a la barra pensó que se trataba de un forastero que guardaba un gran parecido con Kyle, pero desterró esa idea casi al instante. Lo habría reconocido hasta con los ojos vendados.

Y eso que habían transcurrido casi quince años desde la última vez que lo había visto.

Neve dejó la taza sobre la mesa, sin dar el sorbo al café, y se lo quedó mirando largo rato desde el fondo del local.

¿Qué estaría haciendo él allí? Que ella supiera, no había vuelto a poner un pie en Howth desde que se marchó a estudiar arquitectura a la Universidad de Boston, en Estados Unidos. Incluso su hermano Aidan, que había sido el mejor amigo de Kyle desde que compartieron pupitre en la escuela, le había perdido la pista. Lo último que sabía era que había encontrado un empleo en Boston y que había establecido allí su residencia.

Neve mordisqueó un donut mientras él desplegaba el periódico local sobre la barra y se perdía en la lectura. En ocasiones, alguien lo reconocía y se acercaba para darle unas palmaditas amistosas en la espalda, a las que él correspondía con afecto. Neve no podía oír lo que decían, pero imaginaba que le daban la bienvenida al pueblo.

Tragó un trozo de donut y lo bajó con el café. Kyle se había convertido en un hombre sumamente atractivo. De adolescente ya era popular en el instituto, todas las chicas de secundaria querían tener una cita con él, pero la madurez de la treintena lo había convertido en un hombre mucho más interesante, de esos que irradian carisma hasta en el modo en que consultan el reloj de pulsera. Llevaba el cabello oscuro un poco más corto que antaño y su constitución seguía siendo delgada, aunque mucho más atlética, como lo demostraba la camiseta negra de manga corta que se le ceñía a los bíceps.

Hubo un momento en que alzó la cabeza de las páginas del periódico y lanzó una rápida mirada a su alrededor. Sus ojos eran tan negros y su mirada tan penetrante como Neve recordaba. Tuvo la sensación de que hubo un breve contacto visual entre los dos, pero, al parecer, solo fue una ilusión, porque él no mostró ningún síntoma de reconocimiento. Ella tenía trece años el día que él hizo la maleta y se marchó, y sus trece años -casi catorce- no eran precisamente como los del resto de sus compañeras de clase, que estaban mucho más desarrolladas que ella. No obstante, y a pesar de los evidentes cambios físicos, estaba segura de que si la hubiera visto habría sabido que ella era Neve Mara, la hermana pequeña de su amigo Aidan.

O al menos eso deseaba creer.

«Deberías hacer lo que hacen los demás. Levanta el culo y ve a saludarle».

Neve retiró la silla hacia atrás, pero Kyle escogió ese momento para apurar el café, dejar unas monedas sobre la barra y enfilar el camino hacia la salida.

Ella volvió a acercar la silla a la mesa, suponía que ya se presentaría otra oportunidad de verlo. Metió la cucharilla en la taza y dio vueltas al café con gesto ensimismado. Recuerdos lejanos y bonitos regresaron a su mente con una claridad abrumadora, como si no hubiera pasado el tiempo. Los chicos y ella corriendo por los prados del cabo, alimentando a las focas del puerto con los pescados que les daba la señora Ryan, inventando el modo de abrir la puerta del faro para subir a la cúpula, robándole al señor McLoughlin las jugosas ciruelas que crecían en su árbol, subiéndose a bordo de la embarcación pesquera del señor Gallagher sin su consentimiento. Kyle y ella contemplando las estrellas una noche de verano…

Se echó a reír. ¡Y pensar que ella era la artífice de todas aquellas travesuras!

Era la única manera de que Aidan y Kyle la incluyeran en sus salidas o en sus pasatiempos. «Vete a jugar con tus muñecas, mocosa», solía decirle su hermano cada vez que se acercaba a ellos. La mayor parte del tiempo le daban esquinazo. No la querían merodeando a su alrededor cuando jugaban a videojuegos, veían películas de terror en la tele o fabricaban esas maquetas tan laboriosas de edificios y castillos a los que ambos eran tan aficionados. Pero otras veces, sobre todo durante los largos y cálidos veranos, la dejaban que los acompañara, porque sus ideas para pasar el rato siempre eran las más divertidas.

Se le formó una sonrisa ensoñadora.

Cuando consultó la hora en el reloj suspendido sobre la puerta de la cafetería se apresuró con el desayuno. En diez minutos debía regresar a la tienda.

Hacía una mañana radiante de julio y Howth ya acusaba la llegada de los turistas. La brisa olía a flores y a salitre, el mar había adquirido una rabiosa tonalidad azul que hacía imposible distinguirlo del cielo allí donde ambos se unían y los pájaros alegraban el ambiente con sus melódicos trinos. Neve nunca había vivido en otro lugar que no fuera Howth, pero había viajado y no cambiaría su pueblo natal por ninguna otra ciudad del mundo.

La floristería se encontraba a unos cinco minutos a pie. Precisamente, en una de las intersecciones del camino se hallaba la casa donde Kyle y su familia habían residido hasta que se marcharon del pueblo.

Aquel día había llorado como una niña pequeña.

A los trece, ella ya no era tan «mocosa» como su hermano se figuraba. Desde que los había cumplido, pensaba en el inseparable amigo de Aidan de ese modo en que se te acelera el corazón y te revolotean mariposas en el estómago. Nunca se lo confesó a Kyle, aunque seguramente lo intuía. Durante aquel último año, siempre se sonrojaba cada vez que él le hablaba.

Cuando llegó a la floristería le dijo a Becca, su ayudante, que se marchara a desayunar. Como no había clientela que atender en esos momentos, prosiguió preparando los encargos florales que todavía tenían que repartir ese día.

Neve era feliz en su pequeño refugio perfumado y disfrutaba de su trabajo tanto como se podía disfrutar. La floristería era suya. Había abierto el negocio hacía una década, tras estudiar un módulo en Dublín sobre jardinería. Aunque los inicios fueron duros, pronto comenzó a irle tan bien que necesitó contratar a una ayudante. Al poco tiempo ampliaron los servicios, y Neve comenzó a encargarse del cuidado y mantenimiento de los jardines particulares de los vecinos de Howth.

Tomaba una cinta roja de seda para atar un ramillete de rosas blancas cuando oyó el sonido de la campanilla que anunciaba la llegada de algún cliente.

—Enseguida lo atiendo.

Soltó las tijeras en el interior del bolsillo de su bata y depositó el ramo con mucho mimo sobre la mesa de trabajo. Al girarse y verlo plantado en medio de la floristería, dominando con su estatura el estrecho espacio entre los encargos florales pendientes de repartir, a Neve se le congeló la expresión en la cara.

—Buenos días —saludó él.

—Ho-hola.

Dejó las manos quietas sobre el mostrador y se olvidó de parpadear mientras él se acercaba con lentitud, los dedos metidos en los bolsillos de los gastados vaqueros y la mirada recorriendo los cientos de flores que decoraban el local.

—Necesito un ramo de flores. —Por fin la miró—. Pero no quiero un ramo cualquiera, quiero el mejor, uno que deje sin aliento a su destinataria.

Neve también se había quedado sin aliento. Muda y tiesa como una estatua. Estaba allí, delante de ella, mirándola directamente a la cara. ¡Pero no tenía ni puñetera idea de quién era! Decepcionada, incluso triste, trató de comportarse con naturalidad cuando lo que deseaba hacer era soltarle un manotazo. Se aclaró la garganta.

—Estás en el lugar indicado. Prepararé algo muy bonito. —No pensaba decir palabra, pero su impulsividad no era un atributo fácil de dominar. Inició un sutil tanteo—. Te he visto antes.

—¿Ah, sí?

—Sí, en la cafetería de Murphy, la que está unas cuantas manzanas más abajo.

Se la quedó mirando con los ojos un poco entornados. Tras unos interminables segundos de examen, asintió con lentitud.

—Estabas sentada junto a la máquina expendedora de tabaco.

—No, no estaba sentada junto a la máquina expendedora de tabaco. —Su voz sonó árida, como la tierra del desierto. ¿Pero tanto había cambiado? ¡Por Dios! Pero si hasta había reconocido a vecinos con los que apenas había tenido trato. Prefirió cambiar de tema antes de que se apercibiera de su malestar—. Para realizar mi trabajo del modo más eficiente posible, necesito saber cómo es la persona a la que van dirigidas las flores.

Kyle asintió sin dejar de observar ese rostro dulce de avispados ojos verdes que estaba enmarcado por una brillante melena rojiza.

—Ya caigo. Estabas sentada junto al escaparate, al lado de la vitrina de la bollería.

—No —comentó sin ninguna emoción.

—Lo siento. La verdad es que soy un desastre para recordar nombres y rostros. Entonces, ¿quieres una descripción de Maddie?

—Por favor.

Neve sacó de un cajón un bloc de notas y un bolígrafo, y él colocó las manos sobre el mostrador. Eran grandes y fuertes, como el resto de su cuerpo. Ella se fijó en que no llevaba alianzas. Imaginó que, si podía tener a todas las mujeres que quisiera, ¿para qué iba a conformarse con una sola?

—Maddie es una mujer excepcional. Es... elegante, simpática, discreta, inteligente y muy bella.

—Vio que no anotaba nada en el papel—. ¿No vas a apuntarlo?

—Yo trabajo con otro tipo de detalles.

—¿Como cuáles?

—Su estación del año predilecta, su color favorito, si prefiere el mar o la montaña, los amaneceres o los atardeceres...

—¿Me tomas el pelo? ¿En serio necesitas saber todo eso para preparar un ramo de flores? —Esbozó una sonrisa incrédula mientras ella lo miraba con total seriedad—. No tengo ni idea.

—Te asombraría conocer el estrecho vínculo que existe entre esos detalles y las flores, pero si no los conoces no importa, bastará con la información que me has facilitado. —Neve apretó los labios y empezó a escribir. De repente, tenía ganas de reír. Sí, se estaba quedando con él. ¡Por el amor de Dios! ¿Tan poco importante había sido para él que no la reconocía aun teniéndola a dos palmos? No sabía quién demonios era aquella tal Maddie, pero Kyle se merecía que preparara para ella el ramo de flores más horroroso que jamás hubiera recibido una mujer. Como venganza—. Has dicho que es una mujer excepcional, elegante, simpática, discreta, inteligente y muy bella. ¿Alguna cosa más?

—No, con eso es suficiente. —Metió la mano en un bolsillo de los vaqueros y sacó un papel cuyo contenido leyó para que Neve lo anotara—. Llévalo a esta dirección, ella estará en casa a partir de las seis de la tarde.

—Te prometo que quedará gratamente impresionada. ¿Quieres incluir algún mensaje en la tarjeta de entrega?

—Con las flores entenderá el mensaje. No podría resumir mi agradecimiento con palabras.

Neve le informó sobre el catálogo de precios y Kyle le entregó cien euros en metálico. Con ese dinero podía realizar una de sus creaciones más artísticas, aunque no se lo mereciera.

—¿Deseas algo más? —La mueca amable no le llegó a la mirada.

—Pues, ahora que lo dices, sí.

Kyle se inclinó un poco sobre el mostrador, lo suficiente para apoyar los brazos sobre la superficie y dejar sus pupilas a la altura de las de ella.

—Estás guapa, Neve Mara.

Ella agrandó los ojos.

—¿Así que… me has reconocido desde el principio y no me ha dicho nada hasta ahora?

Él asintió con una media sonrisa y la indignación de Neve se fue disipando gradualmente.

—Quería comprobar si todavía se te pone la punta de la nariz colorada cuando te cabreas. Ya he visto que sí.

—No es cierto. Superé ese problema hace un montón de años. Además, no estoy cabreada, solo estaba un poco… sorprendida.

—Yo también lo estoy. —Volvió a enderezarse—. Cuando Murphy me dijo que eras la propietaria de la floristería y te vi allí sentada, apenas podía creerlo.

—Así que me vacilaste.

—No pude resistirme.

Kyle no exageraba. La imagen actual de Neve no guardaba apenas semejanzas con la de la adolescente que acompañó a su hermano Aidan al aeropuerto de Dublín para despedirse. A excepción de los bonitos ojos verdes que, por otro lado, ya no lo miraban a través de los cristales de unas gafas.

Donde entonces había una larga melena rojiza recogida en una trenza sin ninguna gracia, ahora había una brillante cabellera suelta que le llegaba un poco más abajo de los hombros; y aunque la bata de la floristería apenas permitía apreciar su silueta, dejaba entrever que su cuerpo se había desarrollado en algún momento después de su marcha a Estados Unidos. Se le habían formado curvas allí donde antaño solo había líneas rectas.

—Tú también estás algo cambiado. —Neve se relajó. Estaba convencida de que la nariz ya no se le ponía colorada cuando se enfadaba, pero sí que apretaba la mandíbula. Notó alivio cuando la aflojó y dejaron de palpitarle las sienes—. ¿Qué te trae por aquí? No esperaba volver a verte por Howth.

—Un poco de todo. Negocios y placer. Voy a quedarme unas semanas en la casa de verano de mis padres antes de regresar a Estados Unidos. Me han dicho que te va muy bien.

—No puedo quejarme. —Tamborileó los dedos sobre el mostrador. No es que estuviera nerviosa, solo un poco inquieta. Aún no había asimilado que Kyle Barnes estuviera allí—. Empecé a interesarme por las flores a eso de los quince y estudié un módulo de jardinería en Dublín. Hace diez años que monté la floristería y no tengo competencia, porque es la única que hay en Howth.

—Así que tu sueño de convertirte en astronauta se fue al traste.

Neve mostró una sonrisa avergonzada.

—Aquello era un disparate. Se me fue de la cabeza cuando comencé a marearme cada vez que subía a alguna atracción de la feria ambulante de Howth. Pero me sigue gustando tumbarme en el jardín de casa para contemplar las estrellas —aseguró—. Aunque no sea lo mismo.

Caitlyn Lynch, que entre otras cosas era conocida como una de las mujeres más chismosas de Howth, entró en la floristería y se acercó al mostrador sin importarle que Neve estuviera tratando con un cliente. El forastero debió de llamarle la atención porque, en lugar de esperar su turno, saludó a Neve con sonora amabilidad y se quedó allí plantada con gesto de curiosidad.

—Enseguida hablamos, Caitlyn.

—Oh, no tengas prisa, cielo. Tengo cita con el médico dentro de una hora y no tengo otra cosa que hacer hasta entonces. —Sonrió, mostrando unos dientes que se le habían manchado con el carmín rojo pasión que llevaba en los labios. A continuación, y sin la mínima discreción, elevó la mirada hacia Kyle—. Tú eres nuevo por aquí, ¿verdad? No te había visto antes y yo nunca olvido a un hombre guapo.

No obstante, Kyle la reconoció rápidamente. Caitlyn Lynch era el vivo retrato de su madre, a la que en el pasado había visto a menudo porque regentaba la panadería que había cerca de su casa. De vez en cuando, Caitlyn le echaba una mano a su madre, sobre todo en vacaciones, pero no era frecuente verla por Howth, ya que estaba estudiando un módulo de peluquería y estética en Dublín. Kyle no entendía qué era lo que le habían enseñado en las clases, ya que su aspecto no podía ser más anticuado para una mujer que debía de rondar los cuarenta años. Su peinado era una nube rubia rígida por la laca y su maquillaje era muy recargado, llevaba en la cara todos los tonos del arco iris. Además, olía al mismo perfume dulzón que utilizaba su madre, aquel que aniquilaba el olor del pan recién hecho y que te obligaba a aguantar la respiración hasta que te quedabas sin aire en los pulmones y te empezabas a poner de color azul. Kyle dudaba mucho que continuaran fabricando la ropa que vestía, esos vetustos vestidos de estampados chillones y floridos que se ajustaban a su cuerpo rechoncho.

A sabiendas de que, si se identificaba, Caitlyn Lynch lo atosigaría con preguntas que en aquel momento no le apetecía contestar, la observó con la mejor de sus sonrisas y le dijo:

—No, no creo que nos hayamos visto antes. Yo tampoco me olvidaría de una mujer tan atractiva y sofisticada.

—Oh, qué zalamero. —Ahogó una risita con la punta de los dedos.

—Caitlyn, si no te importa aguardar un minuto, enseguida te atiendo —intervino Neve, esperando que captara el mensaje.

—Oh, por supuesto. Podéis continuar.

La mujer abrió su bolso, sacó un frasco pequeño de perfume y se lo espolvoreó sobre el escote de su vestido. Kyle reanudó la conversación.

—Hay algo más que quería hablar contigo.
—Dime.
—Me han comentado que también te dedicas a hacer arreglos en los jardines de las viviendas.
—Así es.

Kyle contuvo un momento el aliento cuando una vaharada del cargante perfume se le metió en las fosas nasales. Neve apretó los labios, conteniendo la risa.

—Como ya te he comentado, voy a instalarme en

la casa de verano de mis padres. Hace bastantes años que nadie vive allí y el jardín está muy descuidado. Me gustaría que fueras a echarle un vistazo y que hicieras un presupuesto. Nada del otro mundo, con plantar unos cuantos setos alrededor de la piscina será más que suficiente. ¿Podrías hacerlo?

—¡Claro! —respondió solícita—. ¿Cuándo te viene bien que me pase por tu casa?

—¿Mañana por la tarde? ¿A eso de las cinco? Es el chalet que está cerca del faro de Baily, ¿lo recuerdas?

—Cómo olvidarlo.

—Bien. Te veo mañana entonces.

Neve logró tragarse parte de ese eufórico e inesperado entusiasmo y se limitó a curvar las comisuras de los labios.

—Señora Lynch, un placer haberla conocido.

—Señorita, y puedes tutearme —matizó altanera—. El placer ha sido mío. —Caitlyn se quedó mirando su espalda mientras él se dirigía a la puerta. En cuanto salió de la floristería, se llevó una mano al pecho y miró a Neve con los ojos muy abiertos—. Vaya por Dios. ¡Qué buen culo tiene!

Neve dejó escapar una carcajada al tiempo que movía la cabeza.

—¿Quién es? ¿De dónde ha salido?

Se lo contó todo, animada por el hecho de que Kyle no había querido identificarse. Estaba segura de que había reconocido a Caitlyn.

—Lo recuerdo, ¡aunque entonces no era tan imponente! Algunas veces se pasaba a comprar el pan. —Se ahuecó el pelo con una mano y suspiró—. Me ha entrado un calorcillo la mar de agradable por todo el cuerpo, hacía tiempo que no veía a un hombre así. ¿Crees que le he gustado? ¿Que tengo posibilidades?

Neve se la quedó mirando sin saber muy bien qué contestarle, aunque la respuesta fuera más que obvia.

—Bueno, no lo sé. —Carraspeó y se encogió de hombros—. No conozco sus gustos con las mujeres.

A Caitlyn se le formó una mueca libidinosa y Neve se sintió un poco malvada, porque le divirtió la imagen de una entregadísima Caitlyn yendo detrás de Kyle. Era una mujer muy noble, pero podía ser insufrible: hacía unos meses se había enamorado del cartero y el pobre hombre casi había tenido que abandonar el pueblo para quitársela de encima.

Neve no la conocía en profundidad pero estaba segura de que ahí fuera debía de existir el hombre que viera más allá de su estridente aspecto físico y de su forma de comportarse, que en ocasiones podía resultar demasiado irritante.

Pero, desde luego, dudaba mucho que ese hombre fuera Kyle.

—Bueno, ¿qué puedo hacer por ti?

—Oh, mi revolución hormonal casi me ha hecho olvidarlo. —Rio. Caitlyn buscó en el interior de su bolso de color pistacho y extrajo un documento—. Aquí lo tienes, el título oficial que me permite trabajar como ayudante de jardinería.

Lo extendió sobre la mesa, de tal manera que Neve pudiera leerlo.

—Esto es... Vaya, ¡me alegro muchísimo por ti! Pero... De momento nos apañamos bien entre Becca y yo.

Ya habían tenido esa conversación anteriormente. A Caitlyn le había ido mal en su negocio de peluquería y estética y había decidido hacer un curso de jardinería con la intención de que Neve la empleara en la floristería, a pesar de que la había advertido de que no podía contratar a nadie más.

—Pero tú te encargas del mantenimiento de casi todos los jardines del pueblo mientras Becca se queda sola en la tienda, ¿estás segura de que no necesitas a nadie que os eche una mano? ¿Aunque sea unas horas al día?

—Lo siento, Caitlyn. Quizás más adelante, en las temporadas en las que tenemos sobrecarga de pedidos, pero ahora mismo me resulta imposible.

—Oh... Bueno, es una pena, porque he exprimido cada minuto del curso y he aprendido todo lo que se puede aprender sobre las flores, os sería de gran ayuda. —Cabizbaja, recogió su certificado y lo plegó—. De todos modos, me volveré a pasar más adelante, por si has cambiado de idea. ¿Tienes mi teléfono?

—Creo que no.

Le entregó una tarjeta de color fucsia.

—Es de la peluquería, pero en la parte de atrás viene mi teléfono móvil.

—Lo tendré en cuenta —le prometió.

—Con lo poco que yo exijo para ser feliz... Me conformaría con ese hombre que acaba de irse, desnudo en mi cama, y con estar al otro lado de este mostrador. Eso sí, mi bata no podría ser blanca, un estampado bonito me quedaría mucho mejor.

Al menos, se marchaba de buen humor.

Capítulo 2

Neve pasó la tarde trabajando en el encargo de Kyle y confeccionó un ramo de diez rosas adornadas con flores de cymbidium, alstroemerias y margaritas, a la vez que se esforzaba en recordar a todas las Maddies de Howth. Pero no era un pueblo pequeño, así que era fácil que no las conociera a todas. Le resultaba cuanto menos sorprendente que Kyle hubiera mantenido el contacto con alguien de allí, pues ni siquiera la fuerte amistad con Aidan sobrevivió a la distancia y a los años.

Tal vez Maddie era una compañera de trabajo a la que le había hablado de lo maravilloso que era su pueblo natal y ella había decidido acompañarlo hasta allí.

Esa última posibilidad le gustaba menos.

—¿Para quién es ese ramo tan bonito? —le preguntó Becca, que entraba en la floristería después de realizar los repartos de la tarde.

—Para una tal Maddie. ¿Conoces a alguna mujer excepcional, elegante, simpática, discreta, inteligente y muy bella que se llame así?

—Ahora mismo no caigo. —Becca se rehízo el peinado en una coleta baja y luego se metió algunos mechones rubios detrás de las orejas—. ¿Y quién ha hecho el encargo?

—Kyle Barnes.

Becca frunció el ceño y luego abrió los ojos azules de manera desmesurada.

—¿Kyle Barnes? ¿El amigo de tu hermano? ¿El chico popular del instituto del que estabas tan enamorada?

—El mismo.

—¿Y qué está haciendo por aquí?

Becca se sacó un chicle de la boca, lo dejó caer en una papelera y se acercó a Neve.

—Dice que ha venido a quedarse unas semanas. Por negocios y por placer. —Cortó un trozo de alambre con los alicates.

—Menuda sorpresa, debe de hacer por lo menos quince años que se marchó a la Universidad, y no ha vuelto desde entonces. ¿Y dónde va a hospedarse?

—En la casa de verano de sus padres.

—¿La que estaba cerca del faro de Baily?

—Sí —contestó, con la atención centrada en el trabajo.

—Qué recuerdos me trae ese lugar. Fue allí donde perdí mi virginidad con él.

—¡Ay, joder! —exclamó, soltando de golpe los alicates sobre la mesa.

Se llevó el dedo a la boca y se chupó la yema. Se había dado un buen pinchazo con el alambre después de escuchar la confesión de Becca. Su compañera sacó de un cajón un bote de antiséptico y se lo tendió.

—Gracias. —Neve vertió un poco de líquido sobre la herida—. ¿Te acostaste con Kyle cuando tenías…?

—Quince años recién cumplidos, pero que no

salga de aquí, porque, aunque ya ha pasado mucho tiempo, a mi madre le daría un infarto si llegara a enterarse de que fui tan precoz.

—¿Por qué me entero ahora?

—No éramos amigas y, además, te habría hecho daño saberlo. Tú estabas coladita por él, a nadie le pasaba desapercibido cómo lo mirabas cuando esperabas a tu hermano a la salida del instituto.

La escuela de primaria estaba anexada al instituto de secundaria, y como Neve terminaba sus clases quince minutos antes, siempre esperaba a la salida a Aidan para irse juntos a casa.

Experimentó un antiguo vestigio de celos, aunque no podía culpar a Becca. En aquella época era una chica preciosa —todavía continuaba siéndolo—, que ya había desarrollado las curvas y que se maquillaba a hurtadillas con los productos de belleza de su madre. No era de extrañar que Kyle se hubiera fijado en ella.

—Descuida, mis labios están sellados —dijo al fin.

—Bueno, ¿y qué has sentido al verlo?

La pregunta la intrigó lo suficiente como para alzar los ojos del rollo de cinta de seda azul que había tomado de la mesa y mirarla con desconcierto.

—¿Cómo dices?

—Que si se te ha removido algo por dentro.

—¡Claro que no! Han pasado quince años.

—¿Se ha quedado calvo? ¿Ha engordado hasta el punto de que ya no se ve los dedos de los pies?

—No. En realidad está más bueno que antes.

Becca silbó.

—Pero eso es irrelevante. Ya no soy aquella niña de trece años que se impresionaba con tanta facilidad. Además, estoy muy a gusto con Barry.

—En ese caso, ¿tengo vía libre?
—¿Estás hablando en serio?

Becca se echó a reír.

—Claro que no, yo también soy muy feliz con Cash.

Matizó esas palabras adrede, como queriendo decirle que también ella debería haberlas utilizado para referirse a Barry. ¡Llevaban saliendo juntos casi tres años! Pero siempre se refería a su relación con él de la misma manera insulsa: «Estamos a gusto». A Neve se le enturbió un poco la mirada, que volvió a enfocar en sus flores.

Un adolescente de pelo rojizo y ojos oscuros entró en la floristería y Becca se situó detrás del mostrador para atenderlo.

Neve cortó unos cuarenta centímetros de cinta, colocó uno de los extremos sobre los tallos y procedió a envolver el ramo de manera prolija, cuidando que la cinta quedara plana y tapando toda la longitud de los tallos, desde arriba hacia abajo. Por último, aseguró el otro extremo con alfileres y consultó el reloj. Eran las seis de la tarde pasadas. En lugar de pedirle a Becca que entregara el ramo, le dijo que se encargaría ella de hacerlo. Becca alzó las cejas con gesto interrogante. Hacía mucho tiempo que Neve no repartía a domicilio, estaba demasiado ocupada trabajando con las flores en la tienda o manteniendo y arreglando los jardines de los clientes. Becca suponía que quería conocer en persona a la tal Maddie.

La dirección que Kyle le había facilitado se encontraba en las afueras de Howth, en Windgate Road, a unos quince minutos en coche. Neve condujo la pequeña furgoneta de los repartos con la ventanilla baja, a través de la verde espesura que coronaba la zona más elevada junto al mar, donde las copas de los árboles acariciaban las nubes bajas en los días lluviosos o invernales. La casita roja con el tejado gris apareció a su derecha, tras la barrera esmeralda de unos setos perfectamente podados.

Sacó el coche de la estrecha carretera y estacionó en la entrada. Desde allí podía verse un coqueto jardín de cuyos cuidados debía ocuparse la dueña. El móvil sonó en el interior de su bolso y Neve rebuscó entre todos sus bártulos hasta dar con él. Era Barry.

—Hola, nena, ¿por dónde andas?
—Acabo de llegar a Windgate Road. Voy a hacer un reparto.

Con el móvil pegado a la oreja, se apeó de la furgoneta y fue hacia la parte trasera para tomar el ramo.

—Te llamaba porque voy a salir una hora antes del trabajo y he pensado que podríamos acercarnos a O'Connells a tomar unas pintas.

—¿No habíamos quedado en que iríamos con tu sobrina a darle de comer a las focas?

—Bridget la ha castigado, por lo visto se ha peleado con otra cría en el parque. Le ha tirado un puñado de arena a los ojos y eso son tres días sin televisión y sin salir de casa.

De fondo, Neve oyó el motor de un coche y como Barry se despedía de su socio del taller hasta el día siguiente.

—Entonces, ¿qué dices? He quedado con Brian y Colin a echar unas dianas, pero puedes acompañarnos. Lanzas los dardos mejor que ellos dos juntos.
—Se echó a reír.

A Neve le apetecía tanto ese plan como tirarse de cabeza al mar desde los acantilados.

—Pues... creo que voy a quedarme en casa. Tengo tareas domésticas acumuladas y no me apetece nada hacerlas durante el fin de semana. Sal tú y diviértete, podemos vernos mañana.

—¿En serio? ¿No te importa? Si quieres puedo echarte una mano.

El tono de su voz fue cauto y revelaba lo poco que le apetecía cambiar sus planes con los amigotes para hacer tareas del hogar.

—No, claro que no. No te preocupes.

Él no insistió.

—Bueno, en ese caso te llamo mañana. O esta noche.

—Vale.

Barry lanzó un beso al teléfono y Neve se lo devolvió.

Mientras cruzaba el pequeño jardín hacia la puerta de la entrada a la vivienda una mano movió la cortina blanca que cubría la ventana de lo que debía ser el salón. A los pocos segundos de pulsar el timbre, una señora con el cabello blanco, que vestía una blusa sencilla a juego con una falda de corte recto, le abrió la puerta.

¡Se trataba de Madeleine Kelly! Maddie debía ser el diminutivo utilizado por la familia o los amigos más cercanos para referirse a ella. La recordaba bien. Era amiga de la familia de Kyle, aunque apenas se dejaba ver por el pueblo. Por lo visto hacía la mayoría de sus compras en Dublín y solo bajaba a Howth para acudir a misa los domingos, según le había comentado su madre.

—¿Madeleine Kelly?

La mujer asintió con la expresión alegre.

—Sí, soy yo. ¿Y estas flores tan bonitas?

—Son para usted.

Neve le entregó el ramo y Madeleine enterró la

nariz entre las margaritas para inspirar el perfumado aroma.

—Si es tan amable de firmar en la hoja de entregas... —Neve sostuvo la carpetilla y le pasó el bolígrafo.

—¿No hay ninguna tarjeta?

—No, el hombre que se las envía dijo que... que no podía expresar con palabras su agradecimiento.

—Bueno, estoy convencida de que ha sido Kyle. —Sonrió—. Aunque no tenía que haberse molestado, sabe perfectamente que haría cualquier cosa por él. Estoy deseando verlo.

La señora Kelly garabateó una firma elegante sobre el papel y a Neve le sobrevino un recuerdo lejano. Madeleine estaba junto a la madre de Kyle, las dos sentadas en el porche de la casa del faro de Baily, como ellos la llamaban. Bebían té helado de cara al océano y charlaban relajadamente. Neve la veía allí en las tardes de verano, siempre que los chicos la dejaban ir con ellos al cabo. También recordó aquella tarde en la que la señora Kelly le dijo que tenía un cabello rojo precioso. Ella esbozó una tímida sonrisa de niña de doce años y le dio las gracias. Aunque en aquella época detestaba el color de su pelo.

Tras la mudanza de la familia Barnes, la había vuelto a ver en muy contadas ocasiones.

—La recuerdo.

—¿Cómo dices?

Se lo explicó, incluso le contó la anécdota del cabello.

—Oh, sí... ¡Tu pelo era rojo como el fuego!

—Se ha oscurecido un poco con el paso de los años.

«Gracias a Dios».

—Así que conoces a Kyle desde que eras una niña

—comentó la mujer, devolviéndole la carpetilla. Neve asintió—. Es una pena que toda la familia decidiera marcharse de aquí, su madre y yo éramos muy amigas. Todavía lo somos, aunque la distancia nos impide vernos tanto como quisiéramos. Oh, tengo que decirle a Dorean que venga a ver estas flores. ¡Dorean, cariño!

Madeleine alzó la voz hacia la estancia agradablemente decorada que se abría a su espalda y la mujer más guapa que Neve había visto en su vida acudió a la entrada, frotándose las manos delgadas con un paño de cocina. El color de sus tremendos ojos azules era similar al tono añil del arco iris, y tenía el cabello largo y frondoso, casi platino. Neve nunca había visto una piel tan lisa e inmaculada como la de aquella mujer.

—¡Maddie! ¿Y este ramo de flores tan bonito? No me digas que tienes un admirador secreto —bromeó la joven, al tiempo que deslizaba los esbeltos dedos sobre el papel celofán que lo cubría.

—Me lo ha enviado Kyle. Voy a llamarle por teléfono ahora mismo. Tengo muchas ganas de verlo y de que os conozcáis en persona. —Enterró la nariz entre los olorosos pétalos una vez más e inspiró profundamente su aroma. Miró a Neve, que ya se disponía a marcharse—. ¿Me puedes dar algún consejo para conservar el ramo el mayor tiempo posible? Tengo mano con los setos del jardín, pero no con las flores.

—Por supuesto. Debe cambiar el agua diariamente y hacer un pequeño corte en los tallos, de un centímetro más o menos. Una aspirina diaria también ayudará a que tarden más tiempo en marchitarse.

—Gracias, eres muy amable.

—De nada. Disfrútelas. —Sonrió.

El camino de regreso al centro de Howth era sinuoso, una carretera estrecha que deambulaba entre los verdísimos jardines que acogían preciosos chalets unifamiliares. Conforme descendía, se llenó la vista con la magnífica panorámica que se iba abriendo de la bahía de Dublín, pero no la disfrutó tanto como hubiera deseado, porque estaba distraída pensando en Dorean. ¿Quién sería? Debía tener su edad, pero no creía que fuera oriunda de Howth, ya que, en ese caso, la habría reconocido del colegio o del instituto. Además, confirmaba su teoría el detalle de que Madeleine había dicho que estaba deseando presentarle a Kyle. Él tampoco la conocía, al menos en persona.

A Kyle siempre le atrajeron las chicas rubias de ojos azules. ¿Seguiría conservando tales gustos?

—¿Y a ti qué te importa? —murmuró.

Puso un poco de música en la radio y comenzó a tararear una canción cuya letra no se sabía. El sol ya descendía a su espalda y hacía brillar la superficie del mar de Irlanda como si fuera un gran manto de perlas.

Capítulo 3

La casa todavía expelía un olor desagradable, a pesar de que había dejado las ventanas abiertas durante toda la noche. Demasiados años cerrada, a oscuras, recibiendo el indiscriminado azote del viento que soplaba desde el mar abierto. Maddie la había mantenido adecentada, pero no había podido hacer nada para salvar las zonas que se habían enmohecido por la elevada humedad.

Desde que había llegado a Howth, hacía apenas dos días, dormía en una pensión, pero calculaba que esa noche ya podría hacerlo allí. No quedaba mucho trabajo por hacer, ya había reemplazado todas las estructuras dañadas por el moho con nuevos tablones de madera que le habían cortado a medida en la carpintería del pueblo, y también había reforzado esas zonas con nuevo material aislante. Esa mañana se disponía a dar una mano de pintura a toda la casa y el trabajo quedaría concluido antes de que anocheciera.

Sacó los botes de pintura de la parte trasera de la camioneta que había alquilado, subió al porche y volvió a entrar en la casa. Los recuerdos lo inundaban cada vez que entraba en aquel lugar. Bajo el denso silencio, ahora solo se escuchaba el rugido de las olas rompiendo contra los acantilados, pero a él también le llegaba el sonido de las risas de sus padres y de su hermana cuando se reunían en torno a la mesa de la cocina para enzarzarse en una de esas interminables partidas de juegos de mesa. Si se concentraba —aunque debía concentrarse mucho, ya que la atmósfera apestaba—, incluso podía oler el embriagador aroma de los guisos de su madre, en especial el del *cottage pie*.

Aquellos fueron años muy buenos. Después llegaron otros incluso mejores y, justo cuando creía haber alcanzado la felicidad suprema, un golpe del destino le arrebató lo mejor que tenía en la vida. Le haría bien pasar unas semanas allí, donde todos sus recuerdos estaban conectados a momentos de dicha.

Puso algo de música, se colocó los vaqueros sucios y la camiseta polvorienta que había utilizado los días anteriores, y se dispuso a darle luminosidad a las paredes ennegrecidas. Trabajó incansablemente, con los pensamientos yendo de un lugar a otro. Se detuvieron en Neve Mara, a la que había considerado algo así como una hermana pequeña. Aidan siempre se ponía de mal humor cuando Neve los perseguía a donde quiera que fueran, pero a él le hacía gracia su desparpajo y sus ideas revolucionarias para pasar el rato, que casi siempre eran mejores que las de Aidan y que las suyas.

Estaba muy cambiada, aunque la chispa de sus ojos verdes continuaba siendo la misma. Jamás habría imaginado que aquel cuerpecillo endeble y aquella cara anodina pudieran transformarse en la mujer tan atractiva de la floristería. Le había agradado mucho volver a verla. Aquella tarde ella iría hasta allí para echarle un vistazo al jardín —o a lo que quedaba de él—, así que aprovecharía para preguntarle por Aidan y por su familia.

También pensó en Maddie y en Dorean, y en la amena velada que había compartido con ambas. La mujer lo había llamado tras recibir el ramo de flores y lo había invitado a cenar esa misma noche en su casa. Había sido un auténtico placer volver a verla y charlar sobre los viejos tiempos, aunque el tema estrella de la noche había girado en torno al motivo principal por el que estaba en Howth, y que no era otro que conocer a Dorean en persona. Había quedado impresionado con la belleza y la elegancia de la joven. La había visto en una fotografía familiar que Maddie le había enviado por correo electrónico hacía unas semanas, pero la imagen aséptica no le hacía justicia. Dorean resplandecía y cegaba, era una preciosidad irlandesa.

No obstante, la misma impresión que había tenido en las dos conversaciones telefónicas que había mantenido con ella desde el otro lado del charco había persistido durante la cena. Su aspecto angelical no concordaba con su carácter combativo. Parecía la clase de mujer que siempre se salía con la suya.

Oyó el sonido de un motor en las inmediaciones y Kyle se asomó por el hueco de la ventana del salón. Un coche ascendía por la pendiente inclinada del camino sin asfaltar y se acercaba a la casa. Debía tratarse de Barry Walsh, antiguo compañero de clase que ahora era el mecánico al que había ido a visitar el día anterior.

En el garaje de la casa todavía estaba la vieja camioneta de su padre, pero hacía quince años que nadie la utilizaba. Como era lógico, el motor no arrancaba y, aunque Kyle había probado a cambiar la batería por si era aquel el problema, seguía sin hacerlo. No le quedó más remedio que acercarse a un taller. Había quedado con Barry en que subiría a echarle un vistazo por la mañana. Ya que iba a quedarse en Howth durante unas semanas, prefería utilizar la camioneta de su padre para desplazarse en lugar del coche alquilado.

Barry Walsh se apeó del coche y caminó hacia el porche enfundado en un mono de color azul que se le ceñía a una incipiente barriga que tensaba la cremallera. Casi no lo había reconocido el día anterior cuando entró en su taller y Barry salió de debajo de una vieja camioneta para recibirlo. La larga melena rubia que lucía en el instituto se había transformado en un corte a cepillo que mostraba unas prematuras entradas, y había engordado por lo menos diez kilos. Barry sí lo reconoció enseguida, aunque el saludo que se prodigaron no fue muy entusiasta. Nunca tuvieron una relación demasiado estrecha. En aquellos años, Kyle lo consideraba un auténtico gilipollas, porque junto a su grupito de amigos se encargaba de aterrorizar a los empollones que no se atrevían a plantarles cara.

Ahora ya no estaba en el instituto y no había empollones a los que asustar, pero mucho se temía que su actitud chulesca continuaba intacta.

Kyle salió a su encuentro y juntos fueron hacia el garaje. Le mostró la camioneta de su padre y Barry le echó un vistazo al motor para localizar la avería.

—A simple vista parece un problema del motor de arranque —le informó, con las manos metidas dentro del capó—. En cuyo caso tendré que traer la grúa para llevármelo al taller. Es un coche antiguo, la pieza te costará cara.

—No importa, tiene un gran valor sentimental para mí. Haz lo que tengas que hacer.

Barry se incorporó y se limpió las manos en los pantalones. Sus ojos azules lo miraron estudiosos, con obvio recelo.

—¿Vas a estar por aquí? Si me doy prisa me dará tiempo a subir con la grúa y llevármelo esta misma mañana.

Kyle asintió.

—Aquí estaré.

Barry bajó el capó y ambos salieron del garaje.

—¿Vas a quedarte mucho tiempo en Howth? Parece que estás reformando la casa entera. —Señaló el porche con la barbilla.

—Pasaré unas semanas. Me hubiera gustado regresar mucho antes, pero por una u otra razón lo fui postergando. —Metió las manos en los bolsillos de los vaqueros—. Howth sigue teniendo un encanto muy especial.

—Es el mejor lugar del mundo —convino Barry, aunque Kyle dudaba que hubiera visto mucho más mundo que aquel—. Seguro que mejor que Boston, ¿no fue allí donde os largasteis toda la familia? Si no recuerdo mal, ahora debes de ser arquitecto.

Kyle detectó cierto tono irónico en su modo de hablar y se sintió como si volvieran a estar en el instituto. Como aquella vez en los pasillos, junto a las taquillas, cuando Barry y sus dos colegas se disponían a partirle la cara a Niall Duff porque no quería pasarles los deberes de matemáticas. Kyle medió en la disputa, harto de soportar cómo se aprovechaban de los más débiles y, desde entonces, Barry y sus acólitos comenzaron a mirarlo por encima del hombro. Nunca llegaron a más, Kyle era físicamente superior y les habría partido la cara.

—Tienes razón, Boston no es mejor. Nada puede compararse a estas vistas. —No iba a ponerse a discutir con aquel majadero, pero no pudo evitar lanzarle una pulla—. Parece que a ti también te va bien. Me alegra que supieras encauzar tu vida y hacer algo provechoso con tu futuro. ¿Quién me iba a decir que conduciría el viejo coche de mi padre gracias a ti? —Sonrió—. Voy a volver al trabajo, quiero terminar antes de que se ponga el sol.

Barry guardó silencio a su espalda, pero casi pudo escuchar sus furiosos pensamientos.

Daba una segunda mano de pintura al salón cuando vio la furgoneta blanca a través de la ventana. Subía por el camino hacia la casa, alegrando el paisaje con el estampado de flores rojas que llevaba pintadas en el lateral. No podía tratarse de otra persona más que de Neve Mara. Kyle dejó el rodillo a un lado, se sacó los guantes y fue a lavarse las manos al fregadero de la cocina. Cuando salió al porche, ella ya se acercaba a él. Recordaba que su cabello era mucho más rojo que ahora, aunque el sol del incipiente atardecer le arrancaba bonitos destellos anaranjados. Llevaba puestos unos pantalones cortos de color blanco y una camisa sin mangas de un color tan verde como sus ojos, que escondía detrás de unas gafas de sol.

—Qué recuerdos volver a esta casa. —Neve se colocó las gafas sobre la cabeza—. Subo al faro de vez en cuando, pero no he vuelto a acercarme por aquí desde que te fuiste. —Admiró la construcción con aire nostálgico. Del interior de la casa emanaba un intenso olor a pintura—. A Madeleine le gustaron mucho las flores.

—Lo sé, anoche estuve cenando con ella. Vi el ramo sobre la tapa de su piano. Hiciste un gran trabajo. —Descendió los escalones y se puso a su altura. Neve medía poco más de metro sesenta, pero su carácter siempre la engrandecía. ¿Continuaría siendo tan rebelde?—. Me comentó que la reconociste.

—Sí. Me despistó que la llamaras «Maddie», en el pueblo todo el mundo la conoce como Madeleine. ¿Recuerdas aquella tarde en la que Aidan se cayó en aquellas rocas de allí y se abrió una brecha en la frente? —Señaló el horizonte, donde se erigía el faro—. Esa misma tarde, Madeleine y tu madre estaban sentadas en el porche. Me dijo que le gustaba el color de mi pelo. —Torció el gesto—. Ella también me reconoció, no la he visto mucho durante todos estos años.

—Maddie y mi madre eran muy amigas. En aquella época ella residía en Dublín, pero solían verse muy a menudo. Cuando nos mudamos a Boston se ocupó de todos los trámites para vender nuestra casa del pueblo y, gracias a que se pasaba por aquí con frecuencia, los muros todavía resisten —bromeó—. Le debemos mucho.

—Recuerdo el día en que llegaron los camiones de la mudanza y la familia Byrne ocupó vuestra casa. Imaginaba que también habríais vendido esta.

—Mi madre le tiene un cariño muy especial y no quiere desprenderse de ella. Vamos, te enseñaré el jardín.

Rodearon los muros hacia el costado este. El que un día había sido el florido jardín de su madre ahora era una parcela árida y desolada.

—El terreno está bastante arruinado, pero tampoco pretendo que hagas gran cosa con él. Me gustaría que plantaras unos cuantos setos y poco más, algo de lo que no tenga que estar demasiado pendiente.

Neve se había quedado en silencio. Contemplaba la zona con mirada ensimismada, como si visualizara algo fascinante que solo existía en sus pensamientos.

—¿Estás viendo algo que yo no veo?

—No lo recordaba tan grande, ni que el enclave fuera tan bonito.

El terreno era muy amplio y se extendía desde el costado de la casa hasta casi el borde de los acantilados, donde una valla blanca, que necesitaba una urgente mano de pintura, delimitaba la propiedad. Al fondo vio la piscina donde alguna que otra vez se había bañado en compañía de los chicos, en aquellas ocasiones en las que no conseguían darle esquinazo. Ahora estaba vacía, sucia y llena de hojarasca. En la otra parte se alzaba el altísimo cedro que bañaba en sombras un tercio del jardín. Un verano, Neve les sugirió a los dos amigos que construyeran una casa de madera en lo alto de la copa, pero sus padres se negaron rotundamente. El árbol era demasiado alto y temían que alguno sufriera un accidente.

El resto del terreno era infecundo, pero Neve sintió que estaba ante el jardín de sus sueños. Imaginó una zona de césped, de arbustos y trepadoras, de rosales, de plantas bulbosas e incluso suculentas. Decidió el mejor lugar para los macetones, las ánforas, la fuente, el banco y las farolas, y dividió el terreno en senderos estrechos que confluirían en la parte más extrema de la valla. Allí montaría un pequeño mirador desde el que se podrían observar las olas rompiendo contra las escarpadas rocas de los acantilados, así como el grácil vuelo de las gaviotas y el perfil de las majestuosas montañas de Wicklow en la lejanía.

Pensó en el concurso y creyó que aquel espacio podía brindarle la posibilidad de ganarlo. Estaba tan entusiasmada que no oyó la voz de Kyle hasta que él le dio un suave empujoncito en el hombro.

—¿Qué estás pensando?

—¿Has dicho que solo quieres unos arbustos? Porque el terreno tiene una infinidad de posibilidades para hacer algo más elaborado. —Lo miró para conocer su opinión—. Se me están ocurriendo un montón de ideas para sacarle provecho.

—¿Para qué quiero un jardín más elaborado si solo voy a quedarme unas semanas? Además, no tengo ni idea de jardinería y tampoco me interesa tenerla.

—Podrías alquilar la casa, es una pena que estés trabajando en ella para que luego nadie pueda aprovecharla.

Kyle la miró con los ojos entornados.

—Es solo una sugerencia —agregó, por miedo a que pensara que se estaba entrometiendo en un asunto que no le importaba lo más mínimo.

Kyle negó.

—La casa es de mis padres, yo no soy quién decide qué hacer con ella. Planta unos arbustos en aquella zona. —Señaló la piscina—. Eso sería todo.

—Me gustaría presentarte un proyecto. Podría hacerte cambiar de opinión.

—Te gusta tu trabajo, ¿verdad?

—Claro, me encanta.

—A mí también me encantaría poder arreglar todo lo que me parece un atentado contra la arquitectura, pero eso es imposible.

Neve se cruzó de brazos, se mordió la cara interna de las mejillas y luego echó a andar hacia el punto de la valla en la que antes había visualizado un bonito mirador. Él la siguió y plantó las grandes manos sobre la madera desconchada. El encanto del paisaje los sumió en un reconfortante silencio que se prolongó durante algunos segundos.

—¿Cómo está Aidan? No lo he visto por Howth estos días, imagino que ya no reside aquí.

—Vive en Dublín. Encontró un empleo de abogado en un bufete importante y se mudó a la ciudad. Se casó hace unos años y tiene un hijo de siete meses que se llama Connor. Es una preciosidad.

—Me encantaría volver a verlo, me he acordado mucho de Aidan estos años. Me alegra que todo le vaya bien.

—Le llamaré para decirle que estás aquí. A él también le gustará verte. —Quiso decirle que a ella también, pero no halló el modo de hacérselo saber sin que se le notaran las emociones. El cariño y el afecto que le tenía se habían multiplicado con su regreso—. Cuando se lo comente a mis padres no se lo van a creer. Están de vacaciones en un pueblo veraniego de la costa española. Ahora que están jubilados no paran de viajar. —Sonrió—. ¿Cómo está tu familia?

El padre de Kyle había sido socio director en una importante empresa de telefonía en Dublín antes de aceptar un traslado a la sucursal de Boston. Le habían ofrecido un cargo más importante, que triplicaba su sueldo, y ese fue el motivo de que la familia entera se mudara a Estados Unidos. Kyle tuvo que rechazar estudiar en la University College de Dublín para ingresar en la prestigiosa Universidad de Boston.

Cuando Kyle oía la palabra «familia» el rostro de

Nadine se materializaba en sus pensamientos. Lógicamente, Neve no la conocía, Nadine había entrado en su vida muchos años después.

—Todos están bien. Mis padres andan como los tuyos, no pasan en Boston más de dos semanas seguidas, y Shannon tiene bastante éxito como diseñadora de muebles de cocina. También tengo dos sobrinos y un cuñado que es una estrella nacional del fútbol americano.

—¿Del fútbol americano? —Neve tuvo un recuerdo—. No se tratará de aquel tipo tan guapo que decoraba las paredes de su habitación, ¿verdad?

—El mismo, ¿qué te parece?

—Dios mío, ¿en serio? —Kyle afirmó—. ¡Es increíble!

—Ya ves, Shannon siempre conseguía al chico que se le antojaba.

—Vaya... estoy impresionada.

Neve nunca tuvo demasiado trato con ella, porque era ocho años mayor y Shannon la consideraba una niña. No obstante, una vez entró en su habitación y pudo ver todos aquellos posters de su ídolo. Neve le preguntó que quién era y Shannon le contestó: «El hombre con el que algún día me casaré».

Le robó la frase, y un día se la dijo a su madre mientras la ayudaba a pelar patatas en la cocina.

«Algún día me casaré con Kyle».

Sonrió con añoranza. Solo era una chiquilla ingenua de trece años, aunque Kyle le caló tan profundamente que tardó años en olvidarlo y en interesarse en otros chicos.

Kyle apoyó los antebrazos sobre la vieja baranda y se la quedó mirando fijamente.

—¿Sabes? A mí también me gustaba.

—¿Qué cosa? —preguntó ella.

—El color de tu pelo.

—¿En serio? —Tragó saliva y agitó las pestañas de un modo encantador—. Nunca me lo dijiste.

—No quería que pensaras que flirteaba contigo. ¡Eras un incordio!

La ligera sonrisa de Kyle estaba cargada de magnetismo e hizo que las rodillas se le aflojaran. Miró hacia el suelo y apartó una piedra con la punta de la sandalia.

—Hay quien piensa que continúo siéndolo.

Los labios de Neve también se distendieron hasta que él pudo apreciar los encantadores hoyuelos que se le formaban en las mejillas. Por Dios, ¡era preciosa! Daba igual cuánto la mirara, continuaba costándole atisbar en ella aquellos rasgos infantiles que no presagiaban que fuera a convertirse en una belleza. La notó nerviosa, su pie derecho no dejaba de remover las piedrecillas del suelo. De repente, echó un vistazo a su reloj de pulsera y se puso muy tiesa.

—¡Qué tarde es! Tengo que regresar a la tienda. Becca se estará preguntando por qué tardo tanto. —Metió las manos en los bolsillos del pantalón. No sabía qué hacer con ellas—. Así que... ¿solo unos setos?

—Junto a la piscina —asintió—. He visto que han construido por aquella zona de allí y quiero tener algo de intimidad. —Regresaron a la entrada de la casa—. ¿Cuándo podrías empezar?

—Mañana mismo, a eso de las cinco. Puedo dedicarle un par de horas al día y tenerlo listo en una semana.

—¿Necesitas que te pague por adelantado?

—No te preocupes —declinó. Por regla general, sus clientes le pagaban un anticipo por el coste de los materiales que empleaba, pero no podía darle a

Kyle el mismo trato. Además, todavía no estaba todo dicho respecto al trabajo que ella pretendía realizar allí—. Nos vemos mañana.

Al alejarse hacia la furgoneta de la floristería, los rayos dorados del atardecer se le enroscaron en las torneadas piernas desnudas, llamando la atención de Kyle. Los pantalones enfundaban unas nalgas muy bonitas. El cariño especial que le tenía chocaba con esa nueva manera de verla. Todo era un poco confuso. Reconocía en ella ciertos rasgos del carácter, determinados ademanes y gestos de la Neve que él había conocido, pero la mayor parte del tiempo se sentía como si estuviera ante una persona distinta.

Capítulo 4

Esa misma tarde, mientras se comía un sándwich de pavo sentada ante la mesa de la cocina, Neve estudió con mucho detenimiento la convocatoria al concurso que había organizado la revista *Tu jardín*. El premio era muy tentador y el trabajo que había que realizar para conseguirlo suponía todo un reto. Desde que conocía la existencia del concurso, apenas una semana, se había planteado presentarse. Solo necesitaba la parcela adecuada para dar rienda suelta a su creatividad. Había echado un vistazo por los alrededores de Howth, pero no había encontrado la que se ajustara a sus deseos.

Casi se había olvidado del tema hasta que vio el hermoso terreno de Kyle.

Si lograba convencerlo tendría muchas posibilidades de alzarse con el premio ganador. No era solo el dinero lo que la seducía, sino el prestigio que le otorgaría. Tenía muchos planes para que su negocio creciera y fuera cada vez más próspero.

Terminó de cenar y fue al dormitorio para cambiarse de ropa. Era jueves por la noche y había quedado con Barry en ir a O'Connells para tomar algo. Revolvió el armario y se decidió por un vestido sin mangas de color turquesa que guardaba para las ocasiones más especiales. De pie junto al espejo de cuerpo entero, pensó en la razón por la que esa noche le apetecía arreglarse y lucir femenina en lugar de ponerse unos vaqueros cómodos, pero no le gustó la respuesta que le vino a la mente. ¿Qué más daba que pudiera encontrarse con Kyle de manera fortuita?

—Serás tonta —le recriminó a su reflejo.

El sonido de un claxon le avisó que Barry ya la esperaba fuera. Tomó una chaqueta de algodón del cajón de la cómoda, se colgó el bolso del hombro y salió a la calle.

Al subir al coche, Barry acercó los labios a los suyos y le dio un casto beso. Desde hacía tiempo siempre la besaba así, incluso cuando hacían el amor. La pasión en su relación, la necesidad de tocarse y de buscar cualquier momento para tener sexo apenas había durado unos cuantos meses. Ella apagaba el soniquete de las dudas autoconvenciéndose de que eso era normal, aunque en su fuero más interno sabía que no lo era. Había estado con otro hombre con el que mantuvo una relación larga y nunca se sintió como si estuviera saliendo con un amigo.

Aunque, por otro lado, aquello estaba bien. Era una relación cómoda. Profesionalmente tenía muchas ambiciones, pero en el amor ya no las tenía. Ya se había cansado de esperar a que llegara el hombre ideal cuando nada garantizaba que existiera.

—Qué bien hueles, nena, y qué guapa te has puesto para ir a O'Connells. ¿El vestido es nuevo?

—No, es el que me puse para el cumpleaños de tu hermana —comentó, alisándose la falda sobre los muslos—. ¿Qué tal el día?

—Bien. Vas a flipar cuando te cuente con quién

me encontré ayer. —Puso el intermitente y se incorporó a la calzada. Después giró a la derecha para tomar la calle Thormanby—. ¿Te acuerdas de Kyle Barnes? Era amigo de tu hermano cuando íbamos al instituto.

—Sí, claro que lo recuerdo.

¿Barry se había topado con Kyle? Neve lo escuchó con interés.

—Se presentó en el taller ayer por la tarde, para que le echara un vistazo al viejo coche de su padre, y esta mañana me he acercado a la casa que tenían cerca del faro de Baily para llevármelo. No veas con qué aires de superioridad ha vuelto de la gran ciudad, aunque ya era un gilipollas engreído antes de marcharse de aquí. —Chasqueó la lengua—. Se piensa que puede regresar a Howth después de tantos años y tratarnos como si fuéramos unos paletos. Dice que va a pasar aquí unas cuantas semanas.

Mucho se temía Neve que Barry hablaba desde las rencillas que los enfrentaron en su época de estudiantes. Ella no había visto en ningún momento esos aires de engreimiento de los que hablaba Barry.

—Lo sé, yo también lo he visto.

—¿Ah, sí?

—Ayer también vino a la tienda a encargar unas flores. Voy a ocuparme de arreglarle el jardín.

—No jodas. —Desvió la mirada de la calzada y la clavó en ella. Las cejas rubias se tocaban en el centro—. ¿Para qué tienes que ocuparte de su jardín si se va a pirar de Howth en poco tiempo?

—Bueno, quiere plantar unos setos alrededor de la piscina para tener más intimidad mientras esté aquí.

Barry se pasó el resto del camino hacia O'Connells esgrimiendo razones por las que consideraba que Kyle era un imbécil. Le contó anécdotas y episodios que tuvieron lugar durante aquellos años, pero Neve se abstuvo de darle la razón o de quitársela. Se mantuvo en silencio. Ella sabía la fama de cretino que Barry se había granjeado cuando era un estudiante, mientras que, por el contrario, Kyle era un chico honrado y estudioso que no se dedicaba a aterrorizar a los chavales más débiles.

Como no logró morderse la lengua, Neve le recordó su mala fama, a lo que Barry contestó con una risotada.

—Vale, reconozco que era un poco vándalo, pero eso no quita que Kyle fuera un idiota.

O'Connells estaba en la zona este del muelle de Howth, frente al embarcadero que ahora se hallaba sumido en las sombras de la noche. El agua chapoteaba contra la madera de las embarcaciones, meciéndolas en una suave cadencia, y el olor a salitre se expandía en el ambiente. Había varios bares en Howth, pero O'Connells era el preferido de todos aquellos que buscaban relajarse frente a una Guinness después de un largo día de trabajo.

Como no era fin de semana, el local no estaba tan concurrido, y el volumen de la música era más bajo. Saludaron a unos cuantos conocidos y atravesaron el local en busca de un asiento. Entonces lo vio.

Estaba tomándose una Guinness en compañía de Dorean, la guapísima chica a la que había visto en casa de Madeleine la tarde anterior.

La conversación entre los dos era animada. Ella reía y se atusaba la melena. Él la escuchaba con interés y la miraba como si le apeteciera comerse lo que tenía delante. El flirteo era obvio. Neve no tenía razones para sentirse molesta, pero lo estaba.

La camarera les sirvió un par de Guinness y Neve bebió un buen trago de la suya para arrancarse el molesto sabor que sentía en la lengua.

—¿Has visto quién está ahí? —Barry apuntó hacia la mesa de Kyle con un movimiento de cabeza. Neve asintió—. ¿Quién es la rubia?

—No tengo ni idea. No debe ser de por aquí.

—Pues a mí me suena su cara. —Alzó el vaso de cerveza y continuó observándola por encima del vidrio. Tanto insistió en su escrutinio que Dorean lo sorprendió espiándola—. Joder, claro. Es la tipa que hizo el proyecto de la vivienda de mi hermana.

—No los mires tan descaradamente o se darán cuenta. —Antes de que terminara de hablar, Kyle la saludó con un gesto de cabeza y Neve esbozó una leve sonrisa.

—¿Es arquitecta?

—Sí, tiene un estudio en Dublín, pero la tipa es cara. A mi hermana le sacó un riñón por el proyecto. Eso sí, le quedó una casa cojonuda. Siempre tuvo buen gusto con las mujeres ese mamón.

—Bueno, si los dos son arquitectos puede ser que solo estén hablando de negocios.

Barry se echó a reír.

—Qué ingenua eres a veces, nena.

No lo era, simplemente era lo que le apetecía creer.

Picotearon de un plato de patatas fritas mientras Neve le hablaba del concurso de la revista *Tu jardín*. Al finalizar, le pidió su opinión, aun a sabiendas de que ya sabía lo que le diría. Barry no era muy ambicioso. Había tenido oportunidades de ampliar su negocio y había decidido no arriesgarse. Solía decir que se conformaba con tener un plato de comida sobre la mesa todos los días y un techo sobre la cabeza. En ocasiones la reprendía al decirle que debía dejar de fantasear con convertirse en la jardinera jefe del Trinity College, porque ya no tenía quince años.

En esta ocasión no fue diferente.

—¿Sabes la cantidad de jardineros profesionales que se presentarán a ese concurso?

—Yo también soy una profesional —repuso Neve.

—Pero no tienes tanto recorrido. Malgastarás el tiempo dejándote la piel en el jardín de ese tipo y luego te decepcionarás cuando el premio lo gane otro. Te conozco, nena, no aceptas bien los fracasos.

—¿Por qué tienes tan poca fe en mí?

—Claro que tengo fe en ti, pero siempre hay alguien mejor.

Neve resopló con enfado. Ni una sola vez en tres años la había apoyado en ninguno de sus proyectos. Desvió la mirada, buscando calmarse. Dorean rompió en alegres carcajadas al tiempo que cruzaba las largas piernas por debajo de la mesa y rozaba accidentalmente —o quizás no— las de Kyle. Aquello acrecentó su malhumor y lo pagó con Barry.

—Esta vez no voy a dejarme aconsejar por nadie. No quiero escuchar opiniones o sugerencias que me desanimen. Voy a convencer a Kyle, voy a presentarme y voy a ganar el puñetero concurso.

Su voz se elevó tanto que algunas personas se giraron. Incluido Kyle.

¿La habría oído?

—Venga, no te pongas así. Ya sabes que yo solo quiero lo mejor para ti.

Barry le colocó los dedos bajo la barbilla y le elevó el rostro para darle un beso en los labios. Neve no estaba de humor y la muestra pública de afecto lo empeoró. Se separó de él y tomó una patata del plato para evitar más besos. Su novio alzó el brazo y saludó escandalosamente a uno de sus colegas que acababa de entrar por la puerta de O'Connells. No les importó que Neve estuviera presente, los dos se pusieron a hablar sobre el partido de fútbol del día siguiente. Acabó ella sola con el plato de patatas fritas mientras se abstraía de la aburrida charla y lanzaba alguna que otra mirada furtiva al rincón donde se hallaba Kyle.

¿Sería Dorean la razón por la que había regresado a Howth?

Él había dicho que estaba allí por negocios y por placer. Ella también era arquitecto. Los dos eran atractivos. Y nadie que estuviera comprometido sentimentalmente coqueteaba así con otra persona.

Todo encajaba.

Sintió que las patatas se le anudaban en la boca del estómago.

Pensó en su pijama de verano, en su confortable cama de suaves sábanas y en el televisor de plasma, y deseó cobijarse allí para zamparse alguna película de las que ponían en el canal de cine clásico los jueves por la noche, pero cuando Barry plantó su callosa mano sobre su muslo desnudo y la tocó de ese modo tan peculiar, palpando más que acariciando, supo que esa noche a él le apetecía hacer el amor. Y las patatas se le anudaron un poco más.

Sobre todo cuando Kyle descubrió la escena que tenía lugar por debajo de la mesa.

Los viernes era el día más ajetreado de la semana en cuestión de encargos, y Neve ni siquiera pudo irse a desayunar, porque no le habría dado tiempo a preparar los que debían repartirse por la mañana. La tarde fue algo más tranquila, trabajó en el diseño del jardín de una amiga de su madre y habló con los proveedores habituales para que el lunes le suministraran todo el material que ya escaseaba. Anticipándose a la respuesta de Kyle, incluyó en el pedido una bonita fuente de piedra en forma de cascada. La había visto en el catálogo del proveedor y no se había podido resistir a comprarla.

Siempre podía quedársela ella.

Cuando Becca terminó de realizar los repartos, la ayudó a subir a la furgoneta todo el material que precisaba para comenzar a trabajar en el terreno de Kyle. A Becca le pareció excesivo el despliegue de herramientas y utensilios que tuvieron que cargar, pero Neve no le comentó que pretendía convencerlo sobre el tema del concurso.

—No sé para qué necesitas tantas cosas, la verdad. ¿Acaso no te dijo que solo quería unos arbustos? —preguntó Becca, enjugándose con un pañuelo el sudor que le cubría la frente.

—Prefiero ir preparada por si surge algún contratiempo.

Neve se sentó sobre un saco de basura para recuperar el aliento. El calor de ese día era especialmente húmedo y pegajoso, y el esfuerzo de subir los sacos a la furgoneta les había robado las fuerzas.

Mientras se rehacía el peinado y se colocaba el cabello en una coleta alta, recordó que la noche anterior había sido el aniversario de Becca y Cash. Le preguntó al respecto. Llevaban cinco años saliendo juntos y se los veía tan enamorados como el primer día, por lo que suponía que habían hecho algo especial.

—Oh, no te puedes ni imaginar lo que Cash preparó para mí. —Sus ojos resplandecían—. Alquiló un vagón del tranvía de Dublín para nosotros dos, y me preparó una cena exquisita que nos sirvió un auténtico mayordomo mientras el tren recorría la ciudad. Durante los postres un trío de violinistas tocaron una canción preciosa, y Cash aprovechó ese momento para ponerse de rodillas y ¡pedirme matrimonio! —chilló Becca—. Mira.

Alargó el brazo para enseñarle el pedrusco que decoraba su dedo anular.

—Oh, Dios mío. ¡Es precioso!

—Lo es. Queremos casarnos de aquí a Navidad. Por supuesto, ¡estás invitada a la boda!

Su espléndida sonrisa mostraba lo inmensamente dichosa que era, y Neve se irguió para descender de la furgoneta y darle un abrazo en condiciones.

—No sabes cuánto me alegro. Hacéis una pareja maravillosa y Cash es un gran tipo. Vais a ser muy felices juntos.

—Lo sé. Estoy convencida de que Cash es mi mitad.

Neve retiró con la yema del dedo una lágrima de emoción que había corrido el rímel de Becca.

—¿Y qué pasa con vosotros dos? ¿No os animáis a dar el gran paso?

—De momento, estamos bien como estamos.

—¿Barry ni siquiera lo ha dejado caer?

—No, a menos que haya sido tan sutil que se me haya pasado por alto —bromeó. La besó otra vez en la mejilla y se puso en marcha—. Me voy o llegaré tarde.

Durante el trayecto hacia el cabo pensó en la conversación con Becca. No había sido del todo sincera con ella, ya que Barry sí que había hecho alusión al matrimonio en alguna que otra ocasión. No se lo había pedido formalmente, pero sí que mencionaba su futuro en común utilizando las palabras «esposa e hijos». Neve se imaginaba casada y con hijos, pero todavía no estaba preparada para dar ese paso.

Kyle no contestó al timbre, así que descendió los escalones del porche y rodeó la casa hacia el terreno anexo. Estaba allí, su morena cabeza se dejaba ver en el interior de la piscina en forma de concha. Neve se aproximó y él alzó la mano para saludarla tras secarse el sudor de la frente. Ella respondió con un agradable «buenas tardes».

Llegó hasta las baldosas de barro que flanqueaban la piscina y descubrió que Kyle estaba desnudo de cintura para arriba. Estaba dando los últimos retoques de pintura al suelo y a las paredes. La visión de los músculos bruñidos y en tensión, así como el talle bajo de sus vaqueros deshilachados que mostraban el vientre liso, con ese hilillo de vello oscuro que se perdía en la cinturilla, le pegó la lengua al paladar.

Se aclaró la garganta y sonrió como una boba cuando él alzó la cabeza para mirarla.

—Estoy a punto de terminar, ¿ya son las cinco?

—Sí. En punto. En el pueblo hay una empresa que se ocupa del mantenimiento de piscinas, si me lo hubieras dicho...

—Lo sé, he contactado con ellos para que vengan a reparar la bomba motorizada, pero me gusta ocuparme de lo que puedo realizar yo mismo. —Pasó el rodillo empapado de pintura azul por la pared, y con un par de toques más, dio la tarea por concluida—. Listo. Los que me vendieron la pintura me comentaron que en unos tres días estaría lista para poder llenar la piscina.

Kyle metió el rodillo en el cubo de pintura y ascendió por la escalerilla con una sola mano. Utilizó la camiseta que había dejado en las inmediaciones para secarse el sudor de la cara y de las manos. A ella le costó la vida despegar la mirada de sus fuertes pectorales para mirarlo a los ojos.

—¿Necesitas que te ayude con algo antes de darme una ducha?

—Ehhh... sí. Me vendría bien que me echaras una mano con los trastos que llevo en la furgoneta.

Kyle cargó con los sacos de basura como si alzara sacos de plumas, y los fue depositando uno a uno en el futuro jardín mientras Neve se ocupaba de llevar las herramientas y su nevera portátil. Mientras duró aquella tarea, en la que el sol del atardecer resaltaba las curvaturas y oquedades de ese cuerpo tan sexy y masculino, se sintió como Caitlyn Lynch.

Por Dios, ¡si solo le faltó relamerse los labios delante de él!

El agua fresca que llevaba en la nevera aplacó esa repentina sed tan primitiva que la había asediado, aunque estuvo a punto de atragantarse con el último sorbo cuando Kyle sacó a colación el encuentro de la noche anterior en O'Connells.

—Así que Barry y tú...

—Sí —se apresuró a responder, al tiempo que enroscaba el tapón de la botella—. Si te parece bien, comenzaré a sembrar el césped por aquella zona de allí, para que los del mantenimiento de piscinas no puedan pisarlo.

—¿Cuánto tiempo?

—¿Cómo?

—Que cuánto tiempo lleváis saliendo Barry y tú.

—Tres años

Kyle alzó las cejas, su expresión de desconcierto lo decía todo.

—Sé lo que estás pensando y te equivocas. Estoy de acuerdo contigo en que Barry era un majadero, pero ya no es así. Han pasado quince años y todos hemos cambiado.

—No es la impresión que me llevé ayer, cuando nos reencontramos en su taller.

—Pues tu impresión es desacertada —contestó con sequedad.

—Es posible. —Aunque Kyle no lo creía. Las personas evolucionaban pero no cambiaban—. Jamás se me habría ocurrido imaginar que, de todos los tíos que viven en Howth e incluso en los alrededores, acabarías con él.

—Ya te he dicho que no es la persona que tú conociste. Barry tiene su propio negocio, es trabajador y respetuoso con todo el mundo, y me trata muy bien.

—Y estáis enamorados, supongo.

—Claro que lo estamos. —Sonrió y movió la cabeza, como si su pregunta fuera un disparate—. ¿Cómo íbamos a estar juntos si no?

A Kyle se le ocurrieron algunas respuestas que nada tenían que ver con el amor, pero las silenció. No quería pasarse de listo, pero la escena que había contemplado en O'Connells no invitaba a imaginar, precisamente, que a Neve y a Barry los unía un amor desbordado. Presenció que ella evitaba sus labios e incluso se ponía tensa cuando él la acariciaba por debajo de la mesa.

—Me ha sorprendido, eso es todo. A pesar del tiempo que hace que no nos hemos visto, te tengo un gran aprecio, y considero que te mereces algo mejor que ese capullo. Pero, si a su lado eres feliz, no tengo nada más que objetar. —Sus hermosos ojos negros relampaguearon—. Voy a darme una ducha.

—Barry no es un capullo. —Lanzó la voz al aire y él la recogió a su espalda.

—Vale.

A lo mejor Barry tenía razón y la gran ciudad había convertido a Kyle en alguien que se consideraba superior al resto. Se agachó para recoger la azada del interior de su cinturón de herramientas. Él no tenía ningún derecho a valorar su relación con Barry y mucho menos a insultarlo delante de ella, ¿quién se habría creído que era? A saber el tipo de relaciones que había tenido él en Boston, aunque, tal y como se había comido con la mirada a Dorean la noche anterior, ya se imaginaba que habrían sido superficiales, basadas únicamente en la atracción física.

Capítulo 5

Al cabo de un rato, enfrascada ya en la tarea de arar el terreno adyacente a la piscina, vio que Kyle abandonaba la casa y se aproximaba al cedro. Por fortuna, se había cubierto el torso, y ahora lucía unos vaqueros y una camiseta limpia. Llevaba con él una serie de bártulos que en la distancia no consiguió identificar. Se detuvo bajo la sombra del cedro y desplegó de cara al océano uno de esos caballetes que utilizan los pintores. Luego colocó un lienzo y el maletín con las pinturas.

¡Así que pintaba al óleo! Menuda sorpresa.

¿Al Kyle adolescente le gustaba pintar? No lo recordaba, pero sí que era muy bueno en las clases de dibujo.

En realidad, Kyle siempre fue bueno en todo, ¡y con el mínimo esfuerzo!

Pensó en el concurso. Lo hablaría con él después de la jornada, cuando el sol se ocultara y la visibilidad del terreno menguara.

Durante el transcurso de la tarde descansó de tanto en tanto, para enderezarse y recobrar la elasticidad de la zona lumbar. Se enjugó el sudor de la frente en repetidas ocasiones y desenroscó una segunda botella de agua que casi se bebió de un solo trago. Trabajar bajo el sol era extenuante.

Kyle estaba concentrado en los rocosos acantilados que enfilaban hacia el faro de Baily, a un par de kilómetros de distancia. Era una panorámica tan viva y cambiante que resultaría difícil capturarla en una imagen. Los colores y las formas se transformaban continuamente. El atardecer había tejido un manto de ocres, rosas, morados, naranjas y azules sobre la bahía, imposibles de reproducir.

Era fascinante.

De vez en cuando, le llegaban los sonidos de la azada que Neve empleaba para arar la tierra. Ese pequeño cuerpo estaba trabajando muy duro, y Kyle ya se había percatado de lo tonificados que tenía los delgados músculos de las piernas y los brazos. Se la veía muy entregada apartando hierbajos y piedras con enérgicos golpes, aunque, de vez en cuando, sus ojos esmeralda se perdían en la lejanía para mirarlo. Kyle no se habría dado cuenta de no ser porque él también pausaba las pinceladas para mirarla a ella.

Cuando comenzó a oscurecer, los dorados se apagaron y las sombras convirtieron el océano en una masa de olas de un azul marino insondable. Ella ya recogía sus utensilios y Kyle colocó una tela sobre el lienzo, para ocultarlo de cualquier mirada que no fuera la suya.

Ella se aproximaba al cedro. Estaba muy guapa. Parecía una flor delicada pero dura como un diamante. De la coleta alta se habían desprendido un sinfín de mechones rojizos que se le pegaban a la piel sudada del cuello y de la frente. El sol le había sonrosado las mejillas, el puente de la nariz y los hombros, y tenía rastros de tierra sobre la camiseta azul y sobre los pantalones cortos de color beis.

—No sabía que pintaras —comentó, señalando el caballete con la barbilla.

—No lo hacía hasta hace un par de años. —Cerró el estuche de madera—. Tengo un trabajo estresante y pintar me relaja, aunque soy un mero aficionado.

—Supongo que no le muestras a nadie tu trabajo hasta que está terminado.

—Supones bien. —Esbozó una media sonrisa.

—Hay algo de lo que quiero hablar contigo.

—Si te refieres al tema de tu novio tienes toda la razón, no debí llamarle «capullo», aunque piense que lo sea.

—No, no me refiero a eso. —Movió la cabeza—. Es el asunto del jardín, ya sabes, lo que te comenté ayer sobre sacarle más rendimiento al terreno.

Kyle tomó un trapo impregnado en un poco de aguarrás para quitarse la pintura de los dedos.

—Ya te dije que no me interesa. Eres obstinada, ¿eh?

—Deja que me explique de nuevo. Resulta que hay un concurso, una revista de Dublín especializada en jardinería lo ha convocado hace poco y... me gustaría presentarme.

—Y, si no voy mal encaminado, te has encaprichado de mi terreno.

Ella asintió varias veces con un movimiento rápido de cabeza.

—El enclave es maravilloso, ¡espectacular! —Observó su alrededor con la mirada extasiada antes de volver a posar los ojos en él—. Podría ganarlo, cumple con todas las condiciones para llegar a ser el jardín más bonito de todo Howth, incluso de todo Dublín.

Hacía mucho tiempo que Kyle no veía a un adulto entusiasmarse con la intensidad que demostraba Neve. En eso no había cambiado nada.

—Estoy seguro de que hay otras propiedades iguales o más interesantes que esta.

—No las hay —negó rotunda.

Kyle soltó el trapo y apoyó las manos en las caderas.

—¿Qué quieres hacer?

Neve se lo explicó. Le habló de las trepadoras, de los rosales, del lugar que escogería para los macetones, las ánforas, la fuente y el banco que ubicaría de cara a las montañas.

—¿Una fuente? —Kyle torció el gesto.

—En forma de cascada. Es muy bonita.

—¿Cómo que es muy bonita? ¿Acaso la has comprado ya?

—Pues...

—Neve... —Tomó aire y lo expelió lentamente para insuflarse de paciencia—. Ya te dije que no voy a estar por aquí mucho tiempo, tirarías todo el trabajo por la borda.

—No necesariamente. Podría ocuparme de su mantenimiento, sin cobrar ni un solo euro, claro.

—¿Cuál es el premio?

—Cien mil euros.

Kyle arqueó las cejas.

—Joder... eso es mucho dinero.

—El premio es muy goloso, pero lo que me mueve no es solo una cuestión monetaria. Ganarlo me otorgaría mucha reputación, podría ampliar el negocio y aceptar muchos encargos ya no solo en Howth, también en Dublín. —Neve dio un paso al frente que la aproximó un poco más a él, y lo observó con la más convincente de sus miradas—. Pero para ello necesito tu ayuda.

El cariz de súplica en su voz era deliberado, pero surtió su efecto.

Él dio otro paso y se inclinó ligeramente sobre ella.

—Te pagaré por tu trabajo, pero no haré nada más, ni siquiera mientras esté aquí. No voy a regar las rosas ni a podar los arbustos. No pienso mover ni un dedo.

Medio hipnotizada por la magnética oscuridad en la que la envolvían sus ojos negros, Neve volvió a asentir como una autómata. Hasta que reparó en lo sudada que estaba y en que a él pudiera llegarle su olor corporal. Se retiró casi de un salto y se secó la palma de las manos en los pantalones.

—No debiste acercarte tanto, huelo fatal.

—No es verdad. Esta mañana has usado gel con olor a vainilla, ¿verdad?

—¡Venga ya! —exclamó abochornada.

Él se rio.

No olía a vainilla, aunque sí había detectado el sutil aroma a fresa que desprendía su cabello. No le había incomodado el olor que emitía su piel tras la dura jornada laboral, pues no había nada más excitante que el aroma de una mujer atractiva y sudada, siempre y cuando, claro está, se hubiera duchado por la mañana.

—¿Entonces? —Reanudó ella el tema.

Kyle dejó caer los brazos.

—Es todo tuyo.

—Oh, Dios, ¿en serio? Repítemelo antes de que empiece a dar saltos de alegría.

—Totalmente en serio.

—Ay, mi madre... Estoy... ¡emocionada!

Vaya si lo estaba. Dejó de importarle el oloroso problema al que acababa de hacer referencia y se colgó de sus hombros para darle un fuerte abrazo de agradecimiento.

Se pasó parte de la noche diseñando el jardín de Kyle en un trozo de papel. Estaba sentada sobre la cama con las piernas cruzadas y la mente a toda marcha, porque a medida que dibujaba le iban surgiendo ideas muy ingeniosas. Cuando dejó el papel sobre la mesita de noche y apagó la luz, le costó dormirse. ¡Estaba muy excitada! Kyle no había puesto ningún tipo de limitación, ni siquiera en los costes de los materiales ni de la mano de obra, por lo que tenía plena libertad para dar rienda suelta a su creatividad. Solo encontraba un inconveniente, y es que allí había trabajo para más de un mes, y eso contando con que pudiera dedicarle tres horas todos los días. Incluidos los sábados. El fallo del concurso sería en tres meses y necesitaba que para entonces los rosales hubieran germinado, las flores lucieran en todo su esplendor y las enredaderas y arbustos hubieran crecido lo suficiente.

Dio una vuelta en la cama y se puso de lado, de cara a la ventana. El aire cálido y húmedo ondeaba la cortina y le acariciaba la piel desnuda de los brazos. Cerró los ojos para obviar que el reloj de la mesilla de noche indicaba que eran más de las dos de la mañana.

Si quería que el jardín estuviera listo para el día en que los profesionales de la revista *Tu jardín* vinieran a inspeccionarlo, no podía alargar el trabajo más allá de tres semanas. Lo que suponía un problema de gran envergadura, ya que tampoco podía ausentarse de la tienda para dedicarle todo su tiempo. Tenía que encontrar una solución, pero por más vueltas que le daba no había más opción que contratar a un ayudante. Alguien que se encargara de los repartos mientras Becca estaba en la tienda, o que le echara una mano con el jardín de Kyle para ir más rápida.

El rostro de Caitlyn se materializó en la oscuridad de sus párpados cerrados y Neve abrió los ojos como platos.

—No creo que sea una buena idea —musitó.

¿Pero qué otra opción tenía? Caitlyn se llevaría un gran disgusto si se enteraba de que contrataba a otra persona que no fuera ella. No podía hacerle eso cuando se había presentado en la tienda en numerosas ocasiones para que le ofreciera un empleo.

A lo mejor tenía mucha mano con la jardinería y resultaba de gran apoyo. No podía dejarse guiar por lo insufrible que era su carácter.

Su último pensamiento antes de dormirse se centró en Kyle y en lo atractivos que eran sus rasgos: mandíbula cuadrada, labios llenos, nariz recta, ojos grandes y oscuros como dos pozos sin fondo. Pensó en el picorcillo que sintió en la piel cuando se apretó contra su cuerpo y en lo seca que se le había quedado la boca al contemplarlo sin camiseta.

A los trece sus emociones por Kyle eran dulces e inocentes. A los veintiocho no lo eran tanto.

Dio otra vuelta para darle la espalda a la ventana.

Estaba muy bueno, ¿cómo no iba a atraerle sexualmente? Él atraía a todas las mujeres, siempre había sido así y ahora aún más. Seguro que por eso seguía soltero.

Barry Walsh lo llamó al móvil a media mañana para comunicarle que su coche ya estaba arreglado y que podía pasar a por él cuando le viniera bien, así que emprendió el regreso hacia la casa.

Había tenido un mal despertar, fruto de un sueño en el que aparecía Nadine. En él, ella todavía estaba a su lado y Kyle había vuelto a disfrutar de su sonrisa, del sabor de sus besos, del tacto de su piel cuando se refugiaba entre sus brazos y del sonido de su voz cuando le susurraba en el oído. Había sido tan vívido que, al despertar y no verla a su lado, se sintió como si le clavaran un puñal en el centro del pecho. Como si el último año y medio sin ella no hubiera existido. Como si volviera a encontrarse en el punto de partida.

La echaba tanto de menos.

Por encima de su cabeza resonaron los graznidos de un grupo de gaviotas que se lanzaron al mar en picado. Incluso él pudo ver el banco de peces que se movía bajo las olas. El océano andaba algo revuelto ese día y un gran cúmulo de nubarrones invadía el cielo, con la intención de derramar su lluvia sobre Howth. Aquello era Dublín, ya casi había olvidado que en su tierra natal solía llover casi todos los días.

El paseo matinal había atemperado su desazón y Kyle dejó atrás el sendero del faro para entrar en su propiedad. Informó a los técnicos que se ocupaban de arreglar la bomba motorizada de la piscina que se ausentaría durante un rato para realizar un recado en el pueblo.

Barry estaba comiendo un bocadillo de pavo sazonado con alguna clase de salsa cuando Kyle llegó al taller. Como tenía las manos manchadas y la boca llena, le indicó que pasara a la oficina donde su socio lo atendería. Kyle pagó el precio del arreglo y luego sacó el vehículo del interior al tiempo que

Barry se chupaba la salsa de los dedos y tiraba la servilleta de papel usada a un cubo de basura.

—Es un buen coche, tío. Merecía la pena arreglarlo. —Barry le habló a través de la ventanilla abierta, siguiéndolo hasta la calle—. Pero no me ha dado tiempo a probarlo para asegurarme de que te lo entrego en condiciones. Vamos a dar una vuelta por el pueblo.

Iba a decirle que no era necesario, pero Barry abrió la puerta del copiloto y se encaramó al interior. Intuyó que tenía otros propósitos que no eran comprobar el buen funcionamiento del vehículo y, tras un cruce de palabras en el que Barry le explicó la naturaleza de la avería, salió por donde Kyle menos se esperaba.

—Neve y yo hemos hablado de ese concurso de jardinería y me ha contado lo de tu jardín. —Bajó la ventanilla y apoyó el brazo en la portezuela—. Conozco bien a mi chica, hace tres años que estamos juntos y somos muy felices. Neve se entusiasma con facilidad por las cosas y, de vez en cuando, hay que pararle los pies para que vuelvan a tocar terreno firme. —Kyle sintió su mirada despectiva clavada en él—. No me gustaría que viniera alguien de fuera a llenarle la cabeza de pájaros. Es sensible, no digiere nada bien los desengaños y ese asunto del jardín... la va a destrozar. ¿Y quién estará ahí para arreglar lo que tú has roto? Yo, no tú. Por lo tanto, te agradecería que te ocuparas de tus cosas y dejaras a Neve en paz.

—¿Has terminado ya, Barry?

—De momento.

Kyle accionó el intermitente y entró en la calle Abbey. A su derecha apareció el montículo sobre el que se erigía la torre Martello, que albergaba el museo de las radios antiguas que una vez visitó con su padre.

—En primer lugar, ha sido Neve quien ha venido a mí para hablarme de ese tema del concurso; en segundo lugar, también ha sido ella la que ha insistido en utilizar mi terreno para crear su jardín; y, en tercer lugar, yo no soy quién para meterme en la relación de nadie, pero si Neve fuera mi chica la apoyaría en todos los pasos que quisiera dar, y no me importaría estar ahí para ayudarla a levantarse cada vez que tropezara.

Lo miró con templanza. La blanquecina piel del rostro de Barry mostraba un iracundo tono bermellón.

—Te crees muy listo, ¿no?

—Tú has preguntado y yo he contestado. Si no me crees, pregúntale a ella, parece que hay un problema de comunicación entre vosotros dos.

El rojo le llegó hasta las orejas y Barry apretó los dientes. Kyle no disfrutaba provocándole. En realidad, le hastiaba tanto discutir con él que estaba deseando llegar al taller para librarse de su presencia.

—Me suda las pelotas lo que tú pienses, tío. Mi advertencia es clara: déjala en paz y no le calientes la cabeza con gilipolleces, ¿lo has entendido?

—Suena como si me estuvieras amenazando.

—Cuando yo te amenace, créeme, te darás cuenta.

Kyle dejó escapar una sonrisa cansina, al tiempo que volvía a girar hacia la derecha para llegar a la entrada del taller.

—Fin del trayecto.

Barry le lanzó una última y belicosa mirada antes de apearse del coche y cerrar la puerta de un golpe.

Kyle movió la cabeza y se puso en marcha. La discusión había sido surrealista.

¿De qué tenía Barry tanto miedo? Porque era eso, y no preocupación, lo que Kyle había visto en él durante el tiempo que duró la discusión. Era como si se sintiera intimidado, como si no estuviera seguro de su relación con Neve.

¿Y ella había dicho que Barry había cambiado?

Neve marcó el número del teléfono móvil que venía en el reverso de la tarjeta fucsia de Caitlyn y esperó a que la mujer contestara. A su lado, Becca lucía una mueca tan agria como el vinagre. Hacía un rato que le había comunicado sus intenciones de contratar a Caitlyn y ella había puesto el grito en el cielo.

—¿Cómo dices? ¿Que vas a emplear a Caitlyn Lynch?

—Durante unas horas al día y mientras se prolonguen los trabajos en el jardín de Kyle. No veo otro modo de que podamos compatibilizarlo todo. —Le había explicado.

—La llevarás contigo, ¿no es así? No soporto a esa mujer, es un incordio, ¡un grano en el culo! El sonido de su voz me da dolor de cabeza, ¡y no digamos su inaguantable perfume!

Neve había sonreído para quitarle hierro al asunto. Estaban de acuerdo en que Caitlyn era pesada, pero Becca era muy exagerada.

—He pensado que puede echarnos una mano a las dos. A mí con las tareas más laboriosas allí arriba, y a ti con los repartos, o incluso con los arreglos florales cuando vayas agobiada.

—Yo puedo con todo. Soy una máquina.

—Vamos, Becca, no seas tan quisquillosa. La farmacia la tienes ahí enfrente, por si Caitlyn te provoca jaqueca y necesitas unas aspirinas —había bromeado—. Tan solo serán tres semanas.

Luego le dio unas palmaditas en el hombro, pero a Becca no se le fue la expresión desencajada.

Caitlyn contestó al tercer timbrazo y Neve le pidió que se reuniera con ella en la cafetería de Murphy. Pensaba contárselo mientras tomaban un café, pero se puso tan pesada e insistente que no le quedó más remedio que adelantarle el motivo de la reunión. Cuando Neve llegó a la cafetería, Caitlyn la esperaba toda alborotada en la mesa que había junto a la vitrina de la bollería.

—¡Oh, Dios mío, Neve! No imaginas lo feliz que me ha hecho tu llamada —exclamó, nada más verla aparecer por la puerta. Neve se dio prisa en llegar a su lado para que aflojara el tono de voz y que no tuviera que enterarse todo el local—. No vas a arrepentirte de tu decisión, te lo aseguro. Haré lo que me pidas y me esforzaré. ¿Que quieres que me quede en la tienda para atender a la clientela? La recibiré con la mejor de mis sonrisas. ¿Que prefieres que me encargue de repartir los pedidos? Me saqué el carnet de conducir a la primera y me conozco Howth como la palma de mi mano. —Sonrió. A continuación, adoptó un tono coqueto que hizo juego con el movimiento de sus pestañas cargadas de rímel—. ¿Que deseas que me hinque de rodillas en el suelo y te ayude a plantar los arbustos del jardín de ese hombre? Ten por seguro que lo haré encantada.

«Madre mía, espero no arrepentirme», pensó Neve.

Tomaron un café que Caitlyn acompañó con un par de scones de yogurt.

—¿Tú no comes nada? Se te ve muy flacucha, y a los hombres les gusta que haya carnes donde agarrarse.

—No, solo tomaré el café. Ya he desayunado en casa.

Neve le dijo que la necesitaría alrededor de unas cuatro horas al día y que siempre tendría que estar disponible para presentarse en el lugar en el que la necesitara. También le habló del salario y de que prefería hacerle un contrato en toda regla para legalizar su situación. Acordaron que comenzaría esa misma tarde y que la esperaría en casa de Kyle sobre las seis. Caitlyn no se opuso a nada, todo lo contrario, se mostró efervescente con cada instrucción que recibía.

—Solo de pensar que voy a estar cerca de ese tío bueno, me relamo los labios como una gatita.

Sacó el abanico y agitó el aire caliente de la cafetería sobre su escote, esparciendo su pesado olor a perfume.

Unos minutos después, cuando Neve regresaba caminando a la floristería, la asaltó un golpe de risa al imaginar la cara que se le quedaría a Kyle cuando viera aparecer a Caitlyn.

Capítulo 6

No había contado con las inclemencias del tiempo en la planificación que había hecho de las tres próximas semanas. Era imposible trabajar a cielo descubierto bajo los densos chubascos que solían caer sobre Howth. Por fortuna, desaparecían tan pronto como aparecían. Como ese día, que había amanecido encapotado y por la tarde las nubes se habían abierto para dejar asomar al sol, que hizo fulgurar el manto de hierba que crecía espeso alrededor del camino que conducía a la casa de Kyle.

Neve metió la segunda marcha para ascender el último tramo de pendiente y la casa de paredes blancas y tejados rojos apareció a lo lejos. En el porche de la entrada apreció la silueta de dos personas sentadas ante la mesa de mimbre. Una de esas personas era Kyle, y la otra era una mujer vestida de blanco, con una larga melena rubia cayéndole sobre los hombros desnudos.

Antes de que la cercanía le permitiera discernir sus rasgos, ya sabía que se trataba de Dorean.

Aparcó en el lugar de costumbre y después pasó frente al porche de camino al jardín. Los saludó con un escueto «buenas tardes» y se fijó en que Kyle revolvía unos papeles de una carpetilla de piel que había sobre la mesa de mimbre. Él alzó una mano para saludarla y Dorean hizo lo propio.

—Neve, ya puedes trabajar a tus anchas alrededor de la piscina, la bomba está arreglada —le informó.

—Estupendo.

Rodeó la casa y desapareció de su vista. Mientras preparaba las herramientas para continuar con el arado del terreno se dio cuenta de que tensaba la mandíbula. Los documentos que había visto corroboraban sus suposiciones sobre una relación laboral, pero el tono animado y cercano de la conversación —que no alcanzaba a escuchar—, y la risa seductora de Dorean, que el viento arrastraba hasta el jardín, también confirmaba que se gustaban.

Al cabo de un rato entró en la cocina por la puerta trasera. Kyle le había dado plena libertad para asaltar su frigorífico en busca de bebida fresca, para que no tuviera que cargar con su nevera portátil todos los días. Se hizo con una botella de agua y se enjugó la cara acalorada y la nuca mojando las manos en el chorro de agua del fregadero. Al cerrar el grifo le llegaron retazos de la conversación que mantenían en el porche. Escuchó algo referente a un viaje juntos a Dublín para que Dorean le mostrara no sé qué edificio.

No mucho tiempo después, el flamante Aston Martin de Dorean apareció en su campo de visión al alejarse paulatinamente por el sendero de acceso. La vida debía de sonreírle en el aspecto monetario como para poder permitirse un coche tan caro. Se irguió, estiró los lumbares y decidió tomarse un merecido descanso tras una hora de ininterrumpido trabajo.

Se sentó a la sombra, en el viejo banco de hierro forjado que había junto a la pared de la casa. Kyle se asomó al jardín, sorteó el terreno arado y se aproximó.

—¿Agotada?

—Y dolorida. —Se llevó una mano a la nuca y se la masajeó—. Arar es una de las tareas más arduas de un jardinero, pero ya he terminado. Está listo para sembrar el césped.

—Hoy has venido una hora antes.

—Debí comunicártelo. —Desenroscó la botella y bebió con ganas un sorbo de agua. Luego se secó las gotitas que rodaron hacia la barbilla—. Tengo que dedicarle más tiempo si quiero tenerlo listo en tres semanas. No puedo excederme de ese plazo o el jardín no lucirá en todo su esplendor cuando vengan a visitarlo los organizadores del concurso.

Él se sentó a su lado y echó una rápida mirada a su trabajo. Le parecía increíble que alguien pudiera transformar aquel pedazo de tierra de apariencia infecunda en algo valorado en cien mil euros.

—¿Te he dicho ya que lo que te propones hacer me parece admirable?

Neve se lo quedó mirando.

—No, pero si quieres repetirlo por mí no hay problema.

Kyle sonrió.

—Hablo en serio. Con la edad y las responsabilidades tendemos a conformarnos con lo que tenemos. Precisamente, una de las cosas que más me gustaban de ti era que siempre andabas soñando con hacer cosas importantes. Joder, ¡querías ser astronauta!

Neve se echó a reír mientras negaba con la cabeza.

—Y veo que ese espíritu emprendedor sigue intacto, aunque acorde a tus circunstancias.

—¡Menos mal! —Cruzó las piernas desnudas y se limpió con los dedos un poco de tierra que se le había quedado adherida en el muslo derecho, atrayendo la mirada de Kyle sobre él—. Me agrada que pienses así, es reconfortante que alguien te entienda.

Neve no había querido decir aquello, pero su subconsciente la traicionó y las palabras escaparon de su boca antes de que su cabeza las filtrara.

—¿Nadie te apoya en esto?

—Bueno, todavía no se lo he contado a mucha gente, pero es lo que tú dices. En la ciudad el estilo de vida es diferente, pero aquí en el pueblo todo el mundo vive muy acomodado, y les resulta extraño que alguien como yo tenga grandes aspiraciones.

Sus labios no habían pronunciado el nombre de Barry, pero sus ojos expresaban que se refería a él. Kyle no tenía la intención de contarle la conversación que había tenido con su novio, pues no era quién para inmiscuirse en asuntos de pareja, pero sí que iba a alentarla en aquello en lo que Barry pretendía frenarla.

—Pues no hagas ni puñetero caso de lo que te digan. Sigue tu instinto y confía en ti. Arrepentirse de no haber hecho algo es mucho peor que no hacerlo por miedo a equivocarse.

—Parece que hablas desde la experiencia.

Kyle asintió.

—Hace poco menos de tres años, yo era un empleado más de un estudio de arquitectura de Boston. Me dejaba la piel en cada proyecto que emprendíamos e incluso renunciaba a días de vacaciones y a noches de sueño para sacar el trabajo adelante. Pero mis jefes no parecían verlo. Se limitaban a colgarse los galones y a llenar las arcas con nuestro esfuerzo. Me cansé de esperar un reconocimiento que nunca llegaba y decidí establecerme por mi cuenta. Todo el mundo me aconsejaba que no lo hiciera, que era un riesgo demasiado elevado y que podía perderlo todo. Lo tenía tan claro que desoí todos los consejos y seguí adelante. Los inicios fueron duros, pero poco a poco conseguí recuperar mi cartera de clientes, de clientes potenciales, y hoy por hoy es lo mejor que he hecho en toda mi vida.

Neve sintió un cañonazo de entusiasmo recorriéndole las venas. Era tan grato que alguien estuviera de su parte. Ahora más que nunca se sintió capaz de realizar todo lo que se propusiera. Miró el jardín y suspiró satisfecha.

—Gracias, Kyle.

—No tienes que dármelas.

Ahora que había sacado el tema de su trabajo, Neve quiso indagar un poco más.

—Dijiste que habías venido a Howth por placer y por negocios.

—Así es.

—¿Negocios con Dorean? Barry me dijo que ella es arquitecta y que diseñó el chalet de su hermana. Nunca la había visto por aquí hasta que le entregué el ramo de flores a Madeleine.

—Dorean es su sobrina y vive en Dublín. Está pasando unos días de vacaciones en la casa de Maddie. —Kyle tomó la botella de agua y dio un trago, y ella sintió un cosquilleo extraño y desconcertante al ver que sus labios rodeaban la boca del recipiente del que ella había estado bebiendo—. Es arquitecta, ¡y de las buenas! Maddie le habló de mí hace un tiempo, ella investigó un poco y se puso en contacto conmigo. Si todo sale bien, vamos a trabajar juntos en un proyecto muy ambicioso que llevaremos a cabo aquí, en Howth.

—¿Qué clase de proyecto?

—Un complejo hotelero.

—¿Ah, sí? —inquirió, sin ningún tipo de entusiasmo—. ¿Dónde exactamente?

—Aquí mismo, en el cabo. Un poco más abajo. Howth es un lugar fascinante, pero está mal aprovechado. Recibiría mucho más turismo si existieran hoteles en condiciones en los que pudieran alojarse los turistas.

—Howth es un pueblo pesquero, tranquilo, confortable y precioso, no hay ninguna necesidad de convertirlo en uno de esos destinos turísticos a los que acude todo el mundo en vacaciones.

—Parece que no te gusta la idea.

—Pues no demasiado, la verdad. Además, un complejo hotelero aquí en el cabo rompería con la armonía del paisaje.

—Lo haríamos de tal manera que eso no sucediera. Pero bueno, retira esa mueca de disgusto, porque solo es un proyecto en su fase inicial. Todavía tenemos que terminarlo y entregarlo al ayuntamiento para que lo apruebe o para que lo desestime.

—¿Y eso cuánto tiempo os llevará?

—Un par de semanas, más o menos.

Neve torció el gesto. No le hacía ninguna gracia lo que se proponían hacer, así que esperaba con todas sus fuerzas que el ayuntamiento lo rechazara.

—A Dorean debe de irle muy bien a juzgar por el cochazo que conduce.

—Bueno, no todo se lo ha ganado con el sudor de su frente. Ella proviene de una familia muy acaudalada, así que lo ha tenido bastante fácil.

—Tiene una belleza impresionante. Los hombres deben de revolotear a su alrededor como moscardones.

Kyle sonrió.

—¿A qué viene eso?

—Creo que le gustas.

—¿Ah, sí?

Su tono fue mordaz y sus ojos se entornaron al mirarla. ¿Se habría percatado de que su relación con Dorean no le causaba indiferencia?

—Los dos sois muy atractivos y estáis solteros... —argumentó con desenfado—. Porque lo estáis, ¿no?

Ahora él sonrió más abiertamente.

—Sí, lo estamos.

—¿Y siempre ha sido así? Quiero decir, ¿nunca te has planteado comprometerte formalmente con otra persona?

Kyle estiró sus largas piernas y cruzó los tobillos. No solía hablar de ese tema, lo evitaba tanto como podía y no tenía la intención de comentarlo con nadie de Howth. Sin embargo, aunque hacía tantos años que no veía a Neve que casi podía decirse que era una completa desconocida para él, existía algo en ella que lo hacía sentir como si estuviera con la persona indicada en el lugar y en el momento adecuado. Le transmitía mucha confianza.

—Estuve casado durante seis formidables años, los mejores de mi vida. Pero aquello terminó hace un tiempo y, desde luego, no me planteo volver a repetirlo —le respondió, con la voz sutilmente afectada.

—¿Por qué no? Podría aparecer otra mujer que encajara contigo.

Él negó.

—El amor que había entre Nadine y yo solo aparece una vez en la vida. Jamás podría conformarme con menos.

Su categórica confesión la impactó tanto que la dejó sin palabras. Neve no se lo esperaba. Durante el instituto había ligado con tantas chicas, sin comprometerse con ninguna, que erróneamente había supuesto que el Kyle adulto habría seguido el mismo camino.

—¿Qué... qué sucedió?

Sus ojos esmeralda lo envolvieron en una mirada tan afectuosa que las palabras surgieron solas, sin parapetar su dolor detrás de ningún escudo.

—Me la arrebataron.

Kyle suspiró y dirigió la atención hacia el elevado oleaje que rompía contra la pared abrupta y rocosa de los acantilados que sitiaban el faro.

Su dolor era perceptible y a Neve se le inundó el corazón de tristeza, de afecto y de cariño.

—Lo siento, Kyle.

—No te preocupes. Estoy bien.

Él le dedicó una mirada de complicidad y esbozó algo parecido a una sonrisa desanimada y vacía. Luego alzó la mano y le deslizó los dedos por la barbilla.

—Tienes un poco de tierra.

—Lo sé, la tengo por todos lados.

Su caricia le gustó demasiado y se quedó prendada en esos ojos tan oscuros que le recordaban a las noches sin estrellas.

«Estás chalada, Neve. ¡Céntrate!».

El ronco sonido del motor de un coche atrajo la atención de ambos hacia el fragmento de camino que se veía desde el jardín.

Ninguno dijo nada. La visión del viejo Austin verde, cuya carrocería estaba decorada con chirriantes floripondios de diversos colores, sumió a Kyle en mudo asombro y a Neve en un ataque interior de risa.

—¿Qué demonios es eso? —No apartaba la mirada del camino.

—Es… es el coche de Caitlyn Lynch. —Se mordió los labios para no reír.

—¿Y por qué el coche de Caitlyn Lynch se dirige hasta aquí? —Como no contestaba, Kyle buscó la respuesta en su cara. Enseguida comprendió que ella era la causante de la inesperada visita—. Suéltalo.

—Pues, resulta que… Ella va a ayudarnos a Becca y a mí mientras se prolonguen los trabajos en tu jardín.

—¿Ayudaros a qué? ¿A maquillar las plantas?

—Ha hecho un curso de jardinería y ha obtenido un título de ayudante. Si voy a pasar más tiempo aquí necesitaré refuerzos tanto a mi lado como en la tienda. —Buscó algún síntoma de comprensión en la expresión avinagrada con que él la observaba—. No tenía otra alternativa.

Caitlyn hizo sonar la bocina alegremente cuando llegó a las inmediaciones.

—Por Dios, Neve, ¡esa mujer es un plomazo y tú acabas de meterla en mi casa! —masculló.

—Tú no tendrás que aguantarla, puedes seguir dedicándote a tus cosas como si ella no estuviera aquí. La que la soportará seré yo.

—Puedes estar segura de eso.

Caitlyn apareció con una sonrisa de color escarlata que le llegaba de una oreja a otra. Llevaba unos vaqueros cortos que le cubrían los rechonchos muslos y una blusa de volantes y encajes con una combinación imposible de verdes y rosas. Se acercaba deprisa, como si llegara tarde a algún lado.

Kyle se puso en pie de un salto y Neve lo secundó.

—¡Buenas tardes! Pensé que tendríamos que postergar mi primer día de trabajo por las lluvias de esta mañana, pero Dios ha sido clemente conmigo. ¡Oh, pero qué maravilla de panorámica se ve desde aquí! Va a quedar un jardín precioso. —Su sonrisa adquirió un rictus coqueto al mirar a Kyle—. Hola, Kyle, encantada de saludarte de nuevo.

Él notó que ella esperaba que la besara en la mejilla, pero se limitó a estrecharle la mano.

—Neve me explicó quién eras, ¡han pasado tantos años que no te reconocí! Imagino que te sucedió lo mismo.

—Sí, recobré la memoria en cuanto salí de la tienda. Recordé incluso tu saludo de bienvenida cuando alguien entraba a la panadería.

—«¡Buenos días, querido cliente! ¡Nuestro pan enriquecerá tu mente!» —Caitlyn se echó a reír sin soltar todavía su mano—. A madre no le gustaba, pero a mí me parecía muy divertido.

Neve también se acordaba de aquello y volver a escucharlo la hizo reír. Kyle esbozó una sonrisa un tanto forzada.

—Neve ya me ha puesto al corriente de todo. Seguro que formaréis un buen equipo y haréis algo extraordinario en este lugar. —Intentó liberar su mano, pero no podía hacerlo, a menos que diera un tirón. Caitlyn se la tenía asida entre sus regordetas palmas—. Como ves, tenéis mucho trabajo por delante, así que os dejaré solas. No os quiero retrasar.

Neve se mordió los labios cuando él la miró en busca de apoyo.

—Cierto, hay que ponerse manos a la obra. ¡Vamos!

Se llevó a Caitlyn con ella hacia los surcos que circundaban la piscina y le dio instrucciones para comenzar a esparcir la materia orgánica y los fertilizantes minerales antes de sembrar las semillas de césped. Kyle había desaparecido en el interior de la casa. Estaba segura de que no volvería a acercarse por allí hasta que concluyera la jornada. Recordó el acoso al que había sometido al cartero y, por primera vez, tuvo miedo de que esa situación volviera a repetirse con Kyle. Ella necesitaba el jardín y también precisaba la ayuda de Caitlyn. No podía consentir que él terminara echándola de allí por pesada, por mucha gracia que a ella le hiciera la situación.

—¡Qué manos más calientes tiene, ¡y qué grandes son! Los hombres con los que he estado siempre me han dicho que no pueden cubrirme los pechos con las palmas, pero apuesto a que Kyle sí podría. ¿Te has fijado?

—Sí, me he fijado.

—Todo él es grande, seguro que...

—Vamos, Caitlyn —la interrumpió. Si había algo en lo que Neve no quería pensar era precisamente en el tamaño de su miembro viril—. Hay que concentrarse en el césped para instalar cuanto antes el sistema de riego.

—Tienes razón, perdona. Es que lo miro y todo mi cuerpo entra en ebullición. ¿Alguna vez te ha pasado algo así?

No, no le había pasado nunca. No al menos de ese modo tan exagerado. ¡Y era una lástima! Caitlyn podía ser muchas cosas, pero al menos vivía sus emociones con respecto a los hombres con una intensidad arrolladora.

—Supongo que sí.
—¿Supones? Pues ese novio tuyo es muy atractivo, si fuera mi hombre estaría deseando llegar a casa para... ya sabes.

Neve meneó la cabeza con humor.

—Venga, vamos a ganarnos el pan.

Como Kyle estaba sentado de cara al faro, Neve imaginaba que estaba retratándolo. El cedro bajo cuya sombra pintaba se hallaba a varios metros de distancia y Neve solo podía discernir una gran mancha azul en el lienzo, pero debía de estar creando una imagen muy bonita por la habilidad con la que manejaba los pinceles.

O tal vez no, porque antes de que anocheciera, Kyle lo arrancó del soporte y lo hizo trizas ante sus atónitas miradas.

—¿Por qué lo habrá destrozado? —se preguntó Caitlyn.

—Supongo que no le gustará.

—Es una pena, podría haber pedido nuestra opinión.

—No deja ver sus creaciones hasta que están terminadas —le explicó.

Neve dejó la pala a un lado cuando el hoyo tuvo las dimensiones correctas. Caitlyn comenzó a fertilizarlo y luego Neve introdujo el rosal.

—Hoy parece cabreado —continuó Caitlyn—. ¿Te apuestas a que la rubia larguirucha tiene algo que ver?

—No tengo ni idea.

No pensaba hablar con Caitlyn de ese tema, pero sí que sabía el motivo por el que Kyle estaba de mal humor. Y no era Dorean. Era ella.

Neve había discutido con él la tarde anterior, antes de marcharse a casa. Se había enfadado tanto por lo que había descubierto...

Cubrió el hoyo de tierra con un movimiento enérgico y pensó en los acontecimientos de los últimos siete días mientras Caitlyn parloteaba a su lado. No todo había sido malo.

La semana había comenzado tranquila, pero el trabajo pronto comenzó a ser arduo y laborioso. No había sido sencillo ajustarse al plan que había tramado. Con Becca la mayor parte del tiempo en la floristería y ella en la casa de Kyle, Caitlyn anduvo echando viajes de un lado para otro cada vez que se la necesitaba. Había sido una suerte contar con ella, era solícita, puntual y muy afanosa, ¡aunque la boca la perdiera! A Becca le costaba un poco reconocer sus virtudes, porque su carácter la sacaba de quicio, pero como trabajadora no podía hacerle ni un solo reproche.

Neve era más paciente, se limitaba a dejarla hablar y a seguirle la corriente la mayor parte del tiempo.

La tarde del miércoles se había reído a carcajadas con ella, cuando acudieron tres albañiles para ocuparse del pavimento de los caminos, de la colocación de la fuente y las rocallas y de la instalación de las canaletas para evacuar el agua de la lluvia. Uno de ellos había llamado poderosamente la atención de Caitlyn, y no porque lo hallara atractivo, sino por todo lo contrario. El hombre era un cincuentón con enorme barriga, calvo como una bola de billar y con enormes mofletes teñidos de rojo encarnado.

Cada vez que se agachaba, los pantalones de trabajo se le bajaban y les mostraba una buena panorámica de la mitad de su trasero.

—Qué asco, ¡tiene el culo peludo! —había mascullado Caitlyn con repugnancia—. Parece que todo el pelo se le ha caído de la cabeza y ha ido a parar ahí, ¡a los cachetes de su culo!

Neve rompía a reír cada vez que su compañera abría la boca, ocasionando que la tarea de plantar los arbustos que cercarían la piscina se alargara más de lo deseado.

Aun así, habían ido a buen ritmo. Todas las previsiones se iban cumpliendo y era casi seguro que finalizarían en la fecha calculada.

Durante esa primera semana, Kyle había estado bastante atareado y Neve no había podido hablar con él más allá de un escueto cruce de palabras cuando se aproximaba para contemplar los avances. Dorean se había dejado caer por allí tres tardes consecutivas con su carpeta de trabajo. Elegante, sensual, sofisticada, derrochando simpatía por los cuatro costados. Y cada tarde había acudido a saludarlas asomando su estilosa silueta por la puerta trasera de la cocina, para no mancharse los relucientes zapatos de tierra, según les dijo ella misma.

¿A quién se le ocurriría subir al cabo con zapatos blancos de tacón?

—¿Qué tal el trabajo? Oh, veo que está muy adelantado —había comentado la tarde anterior.

La tarde del gran disgusto de Neve.

—Sí, los albañiles le han dado un buen empujón.

—Vosotras también, chicas, sois unas excelentes jardineras. Tengo vuestros nombres apuntados por si alguien me pide referencias.

—Muy amable de tu parte.

Y luego se había marchado al porche para reunirse con Kyle. Caitlyn siempre se mantenía en silencio cuando las visitaba, pero en cuanto las dejaba solas empezaba a escupir sapos y culebras por la boca.

—No entiendo por qué Kyle pasa tanto tiempo con esa remilgada. No me esperaba que le gustaran las mujeres larguiruchas sin culo y sin tetas.

—¿Tú crees que han iniciado algún tipo de relación amorosa? —le había preguntado ella, como por casualidad.

—Seguro que sí, ¿no ves los modelitos que luce para ponerlo cachondo y qué risita de tonta tiene? Pero deja que explote mis encantos sexuales al cien por cien y esa tipa pasará a la historia. Es lógico que Kyle todavía no se haya fijado en mí, porque me paso el día sudorosa y polvorienta, pero en cuanto me vea en todo mi esplendor la rubia dejará de interesarle. Te lo digo yo.

Aquello era poco probable que sucediera, pero Neve no era quién para menoscabar sus ilusiones.

—Además, detesto que se refiera a nosotras como «las jardineras».

Ella también lo detestaba, sonaba peyorativo en boca de aquella mujer tan arrogante.

No le hacía ninguna gracia que pasara tanto tiempo con Kyle. Imaginar que trabajaban incansablemente en ese proyecto horrible la ponía de muy mal humor. Si hubiera tenido cualquier clase de enchufe con el alcalde de Dublín habría ido a visitarlo para arruinarles los planes. Además, le molestaba que transmitieran tanta complicidad en lo personal. Kyle había asegurado que no volvería a enamorarse, pero no había mencionado el sexo. Un hombre como él... Seguro que ya estaba en el mercado. Seguro que ya se había acostado con Dorean.

Caitlyn ya se había marchado cuando ella entró

en la cocina para lavarse las manos. Desde allí los había escuchado hablar del puñetero complejo hotelero, de las estratosféricas dimensiones, de la ubicación, de la cantidad desorbitada de huéspedes que acogería... y no pudo soportar imaginarse a su querido Howth convertido en un hervidero de turistas.

Neve había rodeado la casa y se había plantado frente al porche. Ambos, Dorean y Kyle, elevaron las miradas del montón de planos que había sobre la mesa y la observaron con gesto interrogante. En el caso de él, incluso confuso.

—¿Os importaría enseñarme el proyecto?

Capítulo 7

—Neve, no puedo hacer eso. —Él la había mirado como si se le hubiera ido la pinza—. Es privado.
—Ya, bueno. Es que he estado escuchándoos desde la cocina y me ha parecido entender que ese complejo hotelero que os proponéis edificar aquí, es —hizo un movimiento con las manos en el aire y frunció el ceño— demasiado grande. ¿Me equivoco?
—Por supuesto que es grande —convino Dorean—. ¿Dónde está el problema?
—¿Que dónde está el problema? —Había tragado saliva y se había cruzado de brazos para contener la rabia desmesurada que le afilaba los nervios—. ¿Es aquella zona de allí la que tenéis previsto asolar?
—Neve...
—Kyle... —respondió ella en el mismo tono condescendiente—. ¿Es o no es?
—Sí, es justo allí —admitió la arquitecta.
—He entendido que hablabais de cientos de hectáreas de terreno y de miles de huéspedes. ¿Os habéis planteado lo perjudicial que será para Howth?

—¿Perjudicial? Nuestro proyecto atraerá a este pueblo un montón de dinero —replicó la rubia.

—A costa de atentar contra la naturaleza y el paisaje —repuso ella—. Howth no precisa todo ese dinero, estamos muy bien como estamos. No necesitamos que dos personas de fuera vengan a fastidiarnos y alterar nuestro estilo de vida. —Llegados a ese punto, había sentido que las orejas le ardían.

—Ya está bien, Neve.

Kyle se había levantado de la silla y había bajado los escalones del porche para ponerse a su altura. También estaba enfadado, y la fulminaba con la mirada.

—Esto es totalmente innecesario. Estás sacando las cosas de contexto —masculló—. Es el alcalde y su equipo de técnicos quienes tienen que entrar a valorar todas esas cuestiones que a ti te parecen tan ofensivas.

—Y espero con todas mis fuerzas que os lo denieguen. —La dureza de su mirada no la amilanaba, ella también lo había mirado como si pretendiera desintegrarlo—. No puedo creer que quieras hacer esto. Tú amabas Howth, adorabas cada pequeño rincón de este pueblo. El Kyle al que yo conocí no habría permitido esto. Habría vomitado si hubiera tenido que presenciar como una mole arquitectónica se cargaba el equilibrio del ecosistema.

—¡Por Dios, Neve! Mírate, estás exagerando y montando un drama. ¿Por quién nos tomas? Vamos a ser muy respetuosos con el medioambiente.

—No se puede ser respetuoso edificando una cosa así. Es contradictorio.

Kyle se había llevado las manos a las caderas y había puesto esa expresión que Neve tanto odiaba. La daba por imposible.

—Neve. Ya queda muy poco en mí del Kyle al que tú conociste. Han pasado quince años.

—Pues es una pena —le espetó con decepción, antes de volverse y acudir a toda prisa a su furgoneta.

Había repasado esa conversación unas cuantas veces a lo largo del día y no se arrepentía de nada de lo que le había dicho. Volvería a repetírselo si fuera necesario. Lo que no le agradaba era ese clima tan tenso que se había creado entre los dos a raíz de la acalorada discusión. Kyle se había acercado a ella hacía un rato para retomar el tema desde la serenidad, pero Neve no había querido hablarlo. Temía volver a encenderse como una antorcha.

Era el sexto rosal que plantaban esa tarde y aún quedaban cuatro más de los que tendría que ocuparse ella sola. Miró un momento su reloj de pulsera.

—Deberías marcharte ya a la tienda o a Becca le dará una taquicardia. Tiene un montón de pedidos que repartir esta tarde.

—Qué exagerada que es esa mujer. ¡Siempre refunfuñando! —Comenzó a quitarse los guantes de faena—. ¿Alguna vez te has preguntado por qué? Yo pienso que su novio, ese tan fabuloso que no para de meternos por los ojos, no es tan bueno en la cama como ella cuenta. No tiene otra explicación.

Sin duda, la que debía de estar muy necesitada en esos menesteres era Caitlyn, porque siempre terminaba reconduciendo todas las conversaciones a una sola: el sexo.

Antes de marcharse, se volvió hacia Neve y le dijo:

—Voy a empezar a poner en uso mis dotes de seducción. Este pez va a picar el anzuelo.

Neve no la creyó capaz de hacerlo, pero sus anchas caderas cimbrearon hacia el cedro donde todavía se hallaba Kyle recogiendo sus utensilios de pintura. Hizo una mueca. ¡Lo que faltaba! Esperaba que él conservara la paciencia, porque, de lo contrario, era capaz de echarlas a las dos de allí. Y adiós a su sueño de presentarse al concurso Tu jardín. Continuó trabajando, pero sin perderlos de vista.

Pintar siempre lo relajaba, pero ese día no le estaba dando ningún resultado. Todo lo contrario, no lograba ni acercarse un poco a los puñeteros azules que fusionaban el cielo con el mar, ni siquiera a los marrones y verdes que encendían el cabo de Howth. El malestar permanecía ahí y solo podía sacárselo de encima con algo de actividad física.

En un arranque de furia, había hundido el pincel en la pintura de color negro y había trazado con un rápido y furioso movimiento un aspa sobre el lienzo casi terminado, dejándolo inservible. Después lo había arrancado del soporte con la intención de arrojarlo al cubo de la basura. Recogía los pinceles cuando vio movimiento a su izquierda. Caitlyn venía directamente hacia él.

—¿Un mal día? —le preguntó la mujer, al tiempo que se quitaba el sombrero de colorines y se atusaba la ensortijada melena rubia.

—La verdad es que los he tenido mejores.

—Seguro que no vale la pena que estés así. Un hombre como tú, con una vida tan interesante... ¿para qué vas a malgastar tu tiempo con personas que no están a tu altura cuando hay otras muchas que sí lo están? Piensa en ello. —Sonrió.

Kyle la miró con extrañeza, no tenía ni idea de lo que le estaba diciendo.

—¿Solo pintas paisajes?

Cerró el estuche y plegó el caballete.

—Prefiero pintar al aire libre, aunque tengo alguna cosa en interiores.

—¿Retratos?

—No, ni se me ocurriría. Solo soy un principiante y más de uno se cabrearía conmigo si lo retratara.

—Pues yo no, si quieres estrenarte conmigo estoy dispuesta. Incluso me prestaría para que me pintaras desnuda. En el mundo del arte siempre ha sido una constante la búsqueda de la belleza en el cuerpo humano. —Caitlyn sacó pecho y movió las pestañas con coquetería.

Kyle la contemplaba con estupor. Normalmente, nunca se quedaba sin palabras, pero aquella mujer se las había robado todas.

—Medítalo. —Acercó la mano a su antebrazo y lo presionó con ganas—. Y ahora me marcho o la jefa se cabreará conmigo, ya llego tarde a la tienda.

Caitlyn se alejó hacia su coche canturreando con alegría una canción. Kyle movió lentamente la cabeza y terminó por sonreír. Aquella mujer era única. Pesada y exasperante, pero única.

Salió a correr para quemar energía negativa. Fue hasta el faro, bordeó el cabo y luego regresó sobre sus pasos hasta completar cuarenta minutos de carrera. Durante el trayecto se dedicó a contemplar el paisaje, pero no con los ojos de un turista, sino con el alma de un oriundo. La belleza del cabo era espectacular, y Neve tenía razón al asegurar que el complejo rompería con ella. Pero él era arquitecto. Proyectaba, diseñaba y construía edificios. Ese era su trabajo. Ese era el motivo por el que había regresado a Howth, para colaborar con Dorean en su ambicioso proyecto.

Era una lástima que ella no lo entendiera.

Neve continuaba entregada a los rosales, aunque despegó la cara del suelo cuando lo oyó llegar. La carrera lo había extenuado y parecía que sus ánimos estaban algo más templados.

Al cabo de unos pocos minutos, Kyle salió al jardín desde la puerta trasera de la cocina. Solo llevaba puesto un bañador tipo short y una toalla sobre el hombro, que dejó caer sobre una de las tumbonas. A pesar de su malestar, Neve se fijó en ese conjunto tan apetecible de músculos fibrosos y alargados que todavía brillaban por el sudor del esfuerzo físico. Entonces, él se lanzó de cabeza al agua y atravesó la piscina de punta a punta numerosas veces, dando grandes y enérgicas brazadas que removían la superficie cristalina en olas agitadas.

¿Qué le estaba pasando? ¿Por qué tenía esos pensamientos tan calientes? Se temía que eran el fruto de pasar demasiado tiempo al lado de Caitlyn.

—¡Joder!

Neve soltó el rosal y se miró el dedo índice. Se había pinchado con una espina que había atravesado el guante de goma. La yema sangraba. Hacía siglos que no tenía esa clase de accidente estúpido. Entró en la cocina y metió el dedo lastimado bajo el chorro del grifo. Luego utilizó un antiséptico para desinfectarlo, se puso una tirita y volvió al trabajo cuando él abandonaba la piscina.

Junto a la escalerilla, él se sacudió el pelo y se despegó el bañador, que se le había ceñido como un guante a la prominente entrepierna. Apoyó las manos en las caderas y se puso de cara a un sol que ya languidecía.

—¿Te animas, Neve? Estás colorada como un tomate, te vendría bien refrescarte.

—Debe estar congelada. —Aunque, a juzgar por el tamaño de su miembro viril, no parecía el caso—. Además, no he traído bañador.

—Puedo darme la vuelta, si eso te frena.

¿Se estaba quedando con ella?

—Quizás otro día, a una hora más temprana. Ya atardece y yo no tengo tantas calorías como tú.

El aire soplaba templado, pero Kyle no sintió frío. El malestar que arrastraba desde la tarde anterior mantenía su cuerpo caldeado, y ni el agua fría lo había entibiado. A Dorean le habían traído sin cuidado los alegatos de Neve. En cuanto se subió a la florida furgoneta, ella bajó la mirada hacia los planos que estudiaban y se enfrascó de lleno en el trabajo. Pero él ya no pudo concentrarse. Odiaba sentirse atrapado entre la espada y la pared.

—¿Qué te ha pasado en el dedo? —preguntó, señalándolo con un movimiento de cabeza.

—¿Esto? No es nada. Un pinchazo con una espina. He visto lo que has hecho con la pintura. ¿Tan mal estaba quedando? Me hubiera encantado verla terminada.

—No te hubiera encantado, era una porquería. Hoy no debí pintar, pero me he empeñado y la he pifiado. El destrozo era irreparable, así que lo mejor era tirar el lienzo al cubo de la basura y comenzar de cero. —La luz del atardecer bañaba en oro sus bruñidos músculos—. ¿Qué haces esta noche?

—¿Esta noche?

—¿Tienes algún plan? ¿Has quedado con Barry?

—Pues… no. No tengo nada especial que hacer y tampoco he quedado con Barry.

—En ese caso, quédate conmigo. Recuerdo que te gustaba el *coddle* tanto como a mí. Lo he preparado esta mañana y ha sobrado para la cena.

—¿Sabes prepararlo? —Arqueó las cejas.

—Claro, me defiendo bastante bien en la cocina.

¿Kyle Barnes tenía algún defecto? Aparte, claro está, de construir moles espantosas en paisajes tan extraordinarios como el cabo de Howth.

Su invitación la inquietó y sintió una ligera opresión en el pecho.

—¿Qué contestas? Lo calentaré mientras tú terminas de plantar los rosales.

—Si lo que pretendes es convencerme de lo que tú ya sabes, te advierto que no funcionará. Es más, tengo pensado recoger las firmas de todos los habitantes de Howth para que vuestros planes no prosperen.

Kyle soltó un suspiro pesado.

—Tú tampoco vas a convencerme de nada, pero puedes hacer lo que quieras, Neve. No quería invitarte con ese propósito, no me apetece lo más mínimo discutir contigo. Tan solo quiero tener una cena tranquila con una vieja amiga a la que hace un montón de años que no veo. ¿Podemos dejar ese asunto al margen?

Ella se quedó pensativa.

—¿También sabes cocinar el pastel de calabaza?

—Es mi especialidad.

Neve sonrió un poco.

—En ese caso, me quedo.

—Bien.

Satisfecho con su respuesta, Kyle metió los pies en las chanclas y se rodeó las caderas con la toalla que había dejado sobre la tumbona.

—¿Puedo darme una ducha cuando termine? Estoy sudada y pegajosa. Soy incapaz de sentarme a cenar si huelo como un cerdo.

—Claro.

Un fogonazo abrumador golpeó el interior de Kyle. Una escena insólita en la que él la desnudaba y la lamía entera como si fuera un helado de chocolate lo sumió en un profundo estupor. Sacudió la cabeza para liberarse de ese pensamiento. Ella tenía un aspecto arrebatador, muy diferente al de Dorean o al de cualquiera de las mujeres con las que él solía codearse en Boston. No había nada artificial en ella, era tan natural como una flor silvestre. Delicada, preciosa y singular.

El mamarracho de Barry era un tío afortunado, pensó mientras se dirigía a la cocina.

Al cabo de un rato, Neve llamó a Barry al móvil por si después no tenía la ocasión de hablar con él. Los días entre semana que no se veían, tenían por costumbre charlar un rato por las noches, pero Barry no respondió y ella cortó la llamada.

Neve entró en la cocina con el cabello húmedo y con una camiseta de los Red Sox de Boston cubriéndole hasta la mitad de los muslos. Se la había prestado Kyle, porque no quería volver a colocarse las ropas sucias. Él también se había cambiado de ropa, llevaba una camiseta de manga corta y unos pantalones cómodos de algodón de un gris tan oscuro que parecía negro.

El aroma al *coddle* se extendía por toda la estancia y el estómago de Neve rugió. Sobre la mesa de la cocina, Kyle preparaba la masa del pastel de calabaza.

—Pruébalo.

Kyle acercó una cuchara a sus labios y la apetitosa mezcla naranja le tentó el olfato y las glándulas salivares. Abrió la boca y dejó que él introdujera la cuchara.

—Deliciosa. —La saboreó con deleite—. Me pregunto si existe algo que no sepas hacer.

—Un montón de cosas, pero no te las voy a decir. Prefiero que sigas pensando que soy un superhombre. ¿Dónde prefieres cenar? ¿Dentro o en el porche?

—En el porche. Hace una noche estupenda. —Pensó que se sentiría incómoda cuando había aceptado su invitación, que no se podría sacar de la cabeza el motivo de su disputa, pero la velada transcurría con fluidez—. Desde aquí arriba hay una panorámica maravillosa del cielo nocturno cuando está despejado.

—Recuerdo la noche de la lluvia de estrellas.

—Fue espectacular.

Se referían a aquella en la que los tres amigos se tumbaron en el jardín de la casa de verano de Kyle para contemplar el fenómeno astronómico. Aidan se quedó dormido antes de que tuviera lugar, pero ellos dos esperaron hasta las tantas de la madrugada a que se produjera. Esa noche charlaron sobre un montón de cosas de las que nunca antes habían hablado, porque Aidan siempre estaba presente. A pesar de que se llevaban cinco años de diferencia, que en aquella época parecían insalvables, se entendieron de maravilla y se creó una complicidad absoluta entre los dos. Neve se enamoró todavía más de Kyle. Él sintió de un modo aplastante lo mucho que echaría de menos a la pequeña y pizpireta pelirroja cuando se marchara a Boston.

—Me diste una clase magistral de astronomía. En Boston no hay muy buena visibilidad del firmamento por culpa de la polución, a menos que te vayas a campo abierto. Mirar las estrellas siempre ha hecho que me acuerde de ti.

Neve notó que sus afectuosas palabras trajeron de vuelta los sentimientos tan especiales del pasado, como si no se interpusieran quince años de silencio entre los dos. Muy a su pesar, el corazón se le caldeó. En realidad, no quería seguir cabreada con él, al menos durante esa noche, pero sí que habría deseado mantener las distancias. ¿Pero cómo hacerlo? ¡Era Kyle Barnes! No existía el modo de tragarse el cariño que le tenía y hacerse la dura. Demasiados recuerdos bonitos. Demasiadas emociones no olvidadas.

Se encargó de poner la mesa y de encender las lámparas del porche mientras él servía los platos con el coddle y sacaba del horno el pastel de calabaza. Arropados por la ambarina luz que despejaba el porche de las densas tinieblas que moraban en el cabo, charlaron animadamente de los viejos tiempos mientras daban buena cuenta de la cena. Eran tantas las vivencias que compartían que se quitaban las palabras de la boca conforme las anécdotas acudían a sus memorias. A Neve le dolía la tripa de tanto reír y Kyle no se quedó atrás. Hacía tanto tiempo que nada lo hacía reír, que pensaba que había perdido el sentido del humor para siempre. Neve se lo estaba devolviendo esa noche.

Con el coddle ya apurado, Kyle fue a la cocina a por el pastel de calabaza y en el trayecto rememoró aquel baile tan peculiar de Neve.

—¿Recuerdas tu obra de teatro del colegio? —le preguntó nada más regresar—. Te pasaste casi un año bailando y ensayando a todas horas, y nos obligabas a que fuéramos tus espectadores, porque chantajeaste a Aidan con decirle a su novia que se había enrollado con otra. Menudo puñetero martirio. —Ambos rieron, al tiempo que él servía el pastel de calabaza—. Eras un trasto, Neve. Hacías lo que fuera para no despegarte de nosotros.

¿Alguna vez Kyle se habría preguntado por qué?

—Me gustaba más la compañía de los chicos. —Bebió un nuevo trago de vino. Entre los dos casi se habían bebido una botella y Neve ya acusaba los efectos del alcohol en su organismo. Se sentía desinhibida, libre como un pájaro—. La función salió de maravilla y, gracias a que ensayé muchísimo, no cometí ni un solo error. Todavía recuerdo los pasos de baile.

—No fastidies.

Neve asintió.

—¿Por qué no haces una demostración?

—¿Aquí y ahora?

—Claro. Nunca pensé que te diría esto, pero me apetece que vuelvas a bailar para mí. Quiero verte hacer todas esas piruetas.

La mirada de sus ojos negros era tan embaucadora que Neve estuvo a punto de ceder. Luego recuperó el sentido común.

—¡Ni hablar! A los trece no sabía lo que era el sentido del ridículo, pero ahora lo tengo muy desarrollado. —Hundió la cuchara en el pastel de calabaza y puso una mueca de éxtasis al saborearlo—. Riquísimo.

—Si haces eso por mí, yo cantaré esa canción tan estúpida que la profesora de música nos obligó a aprendernos para aprobar la asignatura.

—¿La que siempre sonaba en el radiocasete de mi hermano?

—La misma.

—Vale, ¡trato hecho!

Neve dejó a un lado el pastel de calabaza y se puso en pie sobre el suelo entarimado del porche. Había espacio suficiente para bailar sin correr el riesgo de golpearse contra la barandilla o contra la mesa. Neve tomó posiciones y cerró los ojos para concentrarse y para escapar de la penetrante mirada de Kyle, que la turbaba. Sin música era más complicado seguir los pasos, pero la reconstruyó en su mente y la hizo sonar fuerte, de tal manera que sus piernas desnudas comenzaron a moverse.

Kyle apoyó los antebrazos sobre la mesa y la observó con total atención. Lo primero que pensó fue en lo sexy que estaba. La camiseta le quedaba enorme, pero había algo muy sugerente en una mujer atractiva vistiendo una camiseta de hombre como único atuendo. Y tenía unas piernas muy bonitas, que danzaron al ritmo de una música inexistente. Los primeros pasos fueron imprecisos, por lo que Neve volvió a comenzar desde cero, escudándose en que estaba desentrenada, pero después ganó confianza e incluso abrió los ojos por miedo a perder el equilibrio. El vino la había achispado.

El baile de Neve estaba a caballo entre los ejercicios de una gimnasta y los de una animadora de un equipo de fútbol. Era algo extraño a la vez que original. Kyle no hubiera podido despegar los ojos de ella ni de sus malabarismos, ni aunque se hubiera declarado una amenaza de bomba. Tampoco de su deliciosa sonrisa, que a veces se tornaba en carcajada, pues no se despegaba de la sensación de que hacía el ridículo.

Kyle no compartía esa concepción.

Neve era divertida. Una persona que siempre infundía energía positiva a cualquiera que estuviera a su lado.

Como remate final, llevó a cabo una última y triunfal pirueta: apoyó las manos en el suelo e hizo el pino puente. Kyle supuso que ella había olvidado la clase de vestimenta que llevaba puesta cuando se decidió a hacer aquello. En el transcurso del ejercicio, cuando estaba con los pies en lo más alto, la camiseta resbaló y se le arremolinó en la cintura, dejando al descubierto todo lo demás. Kyle clavó los ojos en las sencillas bragas de algodón que se adherían a unas perfectas y redondas nalgas que la tela apenas cubría y, cuando giró, también tuvo una buena visión del triángulo femenino que protegían.

En algún momento de su acrobacia, Neve se dio cuenta de que la camiseta se le había subido casi hasta las axilas y que había enseñado las bragas. En cuanto regresó a su posición natural se bajó rápidamente la tela gris con gesto abochornado.

—Tienes un ombligo muy bonito —apuntó Kyle, que se hizo el despistado para que sus mejillas perdieran el rubor de la vergüenza.

—Se me había olvidado que...

Se interrumpió a medias y volvió a tomar asiento. Kyle comentó su actuación con humor mientras ella trataba de recordar qué bragas llevaba puestas. Las blancas, sencillas y cómodas. Al menos eran nuevas, lo cual era un alivio, porque nunca se ponía ropa interior sexy para ir a trabajar.

—Ahora te toca a ti. —Lo señaló con la cuchara antes de tomar otro pedazo de pastel—. Tienes que ponerte a mi nivel ahora mismo. No pienso ser la única que hace el tonto aquí.

—Paso.

—¿Cómo?

—No podría cantar en este momento. Ni siquiera sé cómo soy capaz de hablar después de haberte visto el culo. Tienes un culo de diez, Neve.

Indignada, le lanzó la servilleta de lino a la cara y él la apartó de allí entre roncas carcajadas que elevaron la temperatura de su bochorno. No obstante, ella también terminó riendo.

Capítulo 8

A Neve no le apetecía marcharse. Estaba tan a gusto con Kyle que no quería que la velada terminase. Por eso aceptó sin pestañear su invitación.

—¿Nos terminamos la botella de vino en el jardín?

—Claro.

Kyle tomó la botella y Neve se llevó consigo la manta fina con la que se cubría las piernas, que se le habían quedado heladas. Por la noche, las temperaturas descendían abruptamente en esas latitudes y la brisa del océano soplaba fresca.

Las lámparas de energía solar hacían destacar las zonas más atractivas del jardín en obras, y las más próximas a la piscina arrancaban la oscuridad del agua, veteando la superficie de reflejos plateados.

Todavía quedaba mucho trabajo que realizar, pero poco a poco el jardín iba tomando forma y empezaba a parecerse al que habitaba en su imaginación. Los arbustos tenían que crecer un poco más, pero ya protegían la piscina con la intimidad que Kyle deseaba. Los senderos lucían empedrados y el chorro de agua que brotaba de la fuente con forma de cascada emitía un sonido arrullador desde el rincón acogedor destinado a las plantas trepadoras. Faltaban muchos más detalles, incluido el mirador, pero en quince días todo estaría listo.

Se acomodaron en las tumbonas y Neve quedó hechizada con la bellísima panorámica que se extendía sobre sus cabezas. El cielo era un manto infinito de terciopelo negro, tachonado de millones de estrellas que brillaban con distintas clases de furor. Se habría quedado inmersa en esa pasión astronómica que la acompañaba desde que era niña, de no ser porque había cuestiones que llamaban mucho más su interés, como por ejemplo, el olor al perfume que usaba Dorean y que se había quedado impregnado en la tela de la tumbona que ahora ocupaba ella.

—¿Cómo va lo tuyo con Dorean?

—Creía que habíamos pactado no mencionar ese tema durante la noche.

—Me refiero a vuestra relación personal. Hace una semana te dije que tú le gustabas y, desde luego, ella te gusta a ti.

—Eso no significa que exista una relación personal de la que hablar.

—¿Ah, no?

—No —contestó con naturalidad.

—¿Y cómo es eso posible?

—Pues es bastante sencillo. Que la encuentre sexualmente atractiva no significa que me interese como mujer. Además, estamos trabajando juntos y no conviene enredarse con compañeros de trabajo.

—Seguro que ella no piensa lo mismo.

La expresión asertiva de Kyle contestó por él.

—No parece la clase de mujer a la que se le resistan los hombres, debe de estar que se sube por las paredes. Terminarás cayendo en sus redes. La tumbona apesta a su perfume.

—Esta mañana se ha dado un baño. No te cae muy bien, ¿verdad?

—Nunca seríamos amigas. No me gustan las personas que se creen superiores al resto porque tengan una carrera universitaria, un empleo fabuloso, vistan ropas de marca y conduzcan cochazos de lujo.

—Tampoco son mis personas favoritas.

—¿Ni siquiera para el sexo?

Kyle se echó a reír.

—Mi dulce Neve... —Como no se habían llevado las copas consigo, Kyle bebió directamente de la botella de vino que había dejado entre los dos. Luego se la tendió a ella y el anillo carnoso que formaron sus labios alrededor de la boca de cristal lo sedujo—. Nos hemos perdido quince años de nuestras vidas. Yo ya no soy aquel chaval que se metía en la cama de todas las chicas guapas del instituto o de la universidad.

Neve se sentía morir cuando a hurtadillas escuchaba las conversaciones de los chicos y se enteraba de algunos detalles de su vida amorosa. Cuando llegaba a sus oídos el nombre de alguna chica la colocaba en su lista negra. En una ocasión, se acercó a Iris Phelan a la salida del instituto y le pegó un chicle en su frondosa melena rubia sin que se diera cuenta. Al día siguiente, apareció con el cabello cortado por encima de los hombros y los ojos enrojecidos de haberse pasado las horas llorando.

—¿Y qué conservas de aquel chico?

—Unas cuantas cosas.

—¿Como por ejemplo?

—El cariño que te tengo —contestó sin dudar.

«Cariño».

Esa confesión le provocó sentimientos encontrados. Le llegaba al corazón, pero era como si no bastara. Como si no fuera suficiente para colmárselo.

—Es mutuo —convino.

Si era mutuo, Kyle no llegó a entender por qué razón sus ojos no expresaron lo mismo que su boca. Se había quedado callada, con la mirada clavada en los setos de enfrente.

—¿Qué estás barruntando? Me asustas cuando te quedas en silencio.

—Pienso que la madurez te ha sentado muy bien.

—Creo que a todos nos ha tratado de la mejor manera posible. ¿No crees?

—A unos más que a otros.

Su respuesta ambigua se quedó flotando en el aire y no hizo ningún esfuerzo por matizarla. Kyle la miraba como si le estuviera leyendo la mente.

—No me estoy refiriendo a Barry. —Se puso a la defensiva—. Si te quedas en Howth el tiempo suficiente terminarás dándome la razón.

—Nada me gustaría más que dártela.

Kyle se dejó caer sobre el respaldo de la tumbona y cruzó las manos bajo la nuca. Ella fue a imitarle, pero la piscina osciló delante de sus ojos.

—¡Madre mía! —Se echó a reír y se llevó una mano a la frente—. Creo que me he pasado con el vino.

—¿En serio? Estaba pensando en descorchar otra botella.

—Ni hablar, si bebo una sola gota más tendrás que llevarme a casa. —Se arrebujó bajo la manta y observó el cielo. El sonido del oleaje marcaba una cadencia relajante—. ¿Cuánto tiempo hace? —musitó.

—¿De qué?
—De Nadine.
—Un año y medio.
—¿Cómo ocurrió?

Él se quedó callado y Neve le dio su tiempo. Sabía que tocaba un tema delicado.

—Su corazón estaba muy enfermo. Murió esperando un trasplante que no llegó a tiempo.

Percibió que el dolor todavía vibraba en el tono afectado de su voz, por lo que no hizo más preguntas. Se limitó a buscar su mano por debajo de la manta y a estrechársela.

Tras un breve silencio, la voz de Kyle sonó como una melodía cálida y sugerente que le envolvió los sentidos.

—Aquello de allí con forma de sartén es la Osa Mayor, ¿verdad?

—Sí, y esas dos estrellas de su final apuntan directamente a la Osa Menor, que es esa constelación de ahí. —Sacó la mano libre de debajo de la manta para señalarla.

—Y la estrella más brillante es la Polar.

—¡Todavía lo recuerdas! —Sonrió con satisfacción—. ¿Sabes por qué me gusta tanto contemplar el firmamento? Porque mis problemas me parecen insignificantes en comparación con toda esta inmensidad. Uno se siente tan minúsculo... Como una partícula de polvo flotando en medio de la nada.

Kyle llegó a entenderla y le gustó esa sensación. De repente, fue como si todos los pesos de su alma se aligeraran.

Se levantó de golpe y arrimó su tumbona a la de

Neve para unirlas. Luego se tendió, alzó la manta y le dijo:

—Ven aquí, pequeña pelirroja. Enséñame más cosas.

Kyle los cubrió a ambos y estrechó a Neve contra su cuerpo.

Una vocecita interior, la de la fastidiosa conciencia, le dijo a Neve que aquello no estaba demasiado bien. Pero estaba tan a gusto... Desconectó el dial desde el que le hablaba y se perdió en las sensaciones. El cuerpo de Kyle era grande y fuerte, estaba caliente y desprendía una agradable esencia a gel de ducha. Los dedos largos trazaron círculos en su antebrazo desnudo y la piel se le erizó en respuesta a sus inocentes caricias.

Entonces le sobrevino un pensamiento estremecedor: no quería que sus caricias fueran tan inocentes. Deseó que la besara y que su boca calmara ese anhelo que, a pesar de los años y la distancia, siempre había estado allí.

Continuaron charlando sobre el apasionante mundo cósmico y Neve experimentó una conjunción total con él. Como la de los astros cuando se hallaban en la misma longitud celeste.

Despertó en los albores de un nuevo día con una mueca relajada distendiéndole los labios. No sabía dónde se encontraba. Los sonidos que la envolvían eran diferentes a los que escuchaba todas las mañanas al despertar. Aprecio el trinar de los pájaros y el murmullo de las olas. También los olores que llegaron a su nariz eran distintos a los que impregnaban su dormitorio. Olía a salitre, a hierba fresca, a flores y a madreselva.

Y olía a él.

Recuperó la memoria de golpe y abrió los ojos como platos.

Estaba en el jardín de Kyle. Los dos yacían acurrucados sobre las tumbonas en las que se habían quedado dormidos en algún momento de la noche. Él la ceñía a su cuerpo y ella tenía la cabeza apoyada sobre su pecho. Habían transcurrido bastantes horas porque ya amanecía.

Parpadeó para despejarse. El sueño y los efectos secundarios del vino le abotagaban la mente. Intentó moverse, pero él la tenía bien asida, no podía soltarse de su abrazo a menos que lo despertara. Alzó la cabeza y se lo quedó mirando con detenimiento y algo se fundió dentro de ella como la mantequilla. Deseó recorrer con las yemas de los dedos los contornos fuertes de sus rasgos, arañarse la yema de los dedos con la barba oscura que nacía incipiente en su mentón. Barry carecía de barba, tenía la piel tan lisa como el culito de un bebé. Sus pensamientos románticos se detuvieron cuando Kyle se removió en sueños y colocó una mano sobre su seno izquierdo.

Neve se puso tensa y se mordió los labios. Con mucho cuidado aferró su mano por la muñeca y la apartó de allí, pero sus ojos negros se entreabrieron al cielo rojizo del amanecer. Kyle se aclaró la garganta y la miró. No mostró los mismos síntomas de desconcierto que la atenazaban a ella.

—Nos hemos quedado dormidos —comentó con la voz pastosa, relajada.

—Sí, te estaba contando algo sobre las constelaciones zodiacales y ya no recuerdo nada más. Fue como caer en un estado de coma.

—Creo que yo desconecté un poco antes —confesó—. Hacía mucho tiempo que no dormía tan bien. —Enfocó la mirada en sus ojos verdes, y en el cabello despeinado que le caía sobre la cara en suaves ondas de fuego—. Qué guapa estás por la mañana temprano, pelirroja.

—Mientes. Sé qué cara tengo al despertar porque me la veo todos los días en el espejo. Estoy horrible.

Él le acarició la barbilla con el índice y esbozó una sonrisa laxa.

—Tengo que marcharme, no debería haberme quedado dormida. Seguro que tengo el móvil repleto de llamadas de Barry.

La culpa le golpeó la cabeza como un mazo y se irguió sobre la tumbona, abandonando el nido confortable en el que había dormido como un tronco durante toda la noche.

Kyle descifró sus emociones y le acarició la espalda con gesto tranquilizador.

—Eh, no has hecho nada de lo que tengas que avergonzarte.

—Ya lo sé, es solo que…

Que se avergonzaba de sus pensamientos. Que la inquietaban sus sentimientos.

Cuando recuperó su bolso comprobó que no tenía ninguna llamada de Barry.

Becca atendía a la tercera clienta de la mañana mientras Neve trabajaba en unos arreglos florales que lucirían en la boda de Fiona y Patrick, dos compañeros de sus años de instituto que se casaban el sábado de la semana siguiente. Hasta donde sabía, Becca y ella eran las únicas mujeres jóvenes de Howth que todavía no habían contraído matrimonio. Y Becca estaba a punto de hacerlo. ¡Qué manía tenía todo el mundo de pasar por el altar!

Oyó que la clienta abandonaba la tienda y que Becca daba vueltas con la cucharilla de plástico a su segundo café de la mañana.

—¿Qué planes tenemos para hoy? —le preguntó—. ¿Gozaremos de la agradable compañía de Caitlyn? Ayer por la tarde me estuvo contando que tiene planes para conquistar a tu amigo Kyle. Esa mujer está como un cencerro.

—Lo sé, pero es una mujer divertida. Si pasaras más tiempo con ella aprenderías a encontrarte a gusto en su compañía.

—No, gracias. Paso.

—Hoy me ayudará en el jardín. Si no tenemos muchos encargos esta mañana, no hará falta que se pase por aquí.

Becca cruzó los dedos, aunque, por otra parte, no recibir demasiados encargos iba en detrimento de la empresa. Dejó de cruzarlos y apuró su café mientras observaba el perfil de Neve. Estaba concentrada en lo que hacía, como siempre, pero notaba algo raro en ella desde que se habían dado los buenos días.

—¿Te sucede algo? Pareces un poco... abstraída esta mañana.

—Estoy bien, no me pasa nada. —Hacía muchos años que trabajaban juntas y se conocían la una a la otra, por eso Becca no la creyó. Le pesaba como una losa lo que había hecho la noche anterior. Más que lo que había hecho, lo que había sentido. Decidió confiárselo a su compañera. Necesitaba la opinión de una persona ajena para ver si conseguía liberarse de ese sentimiento de culpabilidad—. Bueno, la verdad es que estoy un poco... descolocada.

Pasé la noche con Kyle, pero no pongas esa cara, porque no sucedió nada —le aclaró—. Me invitó a cenar y luego estuvimos charlando y bebiendo vino en el jardín. Contemplamos las estrellas, fue muy especial, pero luego nos quedamos dormidos y hace un rato me he despertado entre sus brazos.

Becca esperó a que continuara con la narración de los hechos, pero Neve se quedó callada y prosiguió envolviendo los tallos de las orquídeas en cinta floral de color blanco.

—¿Y?
—Eso es todo.
—¿Y por eso estás «descolocada»?
—A Barry no le haría ninguna gracia si se enterara.
—Estoy segura de que no estás así por Barry.
—He dormido en los brazos de otro hombre, ¿qué pensaría Cash si tú hicieras lo mismo?
—Por Dios, Neve, no dramatices tanto. Diciéndolo así, parece que le hayas sido infiel —la regañó—. Cash no daría importancia a que yo me quedara durmiendo con un amigo. A no ser, claro está, que tuviera sentimientos por esa persona. ¿Es tu caso?
—No. No al menos esa clase de sentimientos —dijo a medio gas.

Becca notó su falta de seguridad pero decidió ser prudente. Siempre había pensado que existían muchas carencias en su relación con Barry, por mucho que ella se empeñara en proclamar que «estaba muy a gusto con él». Ahora el amor de su temprana adolescencia había regresado a su vida y la confusión se le salía por los ojos, siempre tan expresivos e incapaces de ocultar nada. Lo que fuera que pasase tenía que resolverlo ella sola.

Becca se aproximó y le colocó una mano sobre el hombro.

—Tú escucha siempre lo que diga tu corazón. Es el mejor consejero.

Su corazón esa mañana le decía que tenía ganas de que llegara la tarde para regresar al cabo. Por otra parte, su corazón también estaba decepcionado porque Barry no la había llamado. Se figuraba que habría salido a tomar unas pintas después del trabajo y se había recogido tarde. No habría querido despertarla. Lo llamaría a la hora del desayuno.

La puerta de la tienda se abrió de par en par y Caitlyn Lynch entró como un torbellino multicolor.

—¡Buenos días! ¿Cómo están mis chicas?

Gozaba de un buenísimo humor. Ella siempre vestía con colores muy llamativos, pero ese día había traspasado el límite de lo que unos ojos sensibles podían tolerar. El amarillo limón se combinaba con los fuertes fucsias y los rojos pasión en un traje de dos piezas que le quedaba ajustadísimo. Había ido a la peluquería a primera hora de la mañana y se había dado un tinte casi platino, que volvía aún más pálida la piel de su rostro. Además, le había sobrado tiempo para ir de compras, porque de su brazo derecho colgaba una bolsa con el logotipo de una tienda de lencería.

Y llevaba dos cafés en sus correspondientes envases de plástico, único motivo por el que Becca logró que sus labios formaran algo parecido a una sonrisa.

Les entregó los envases y dejó la bolsa de papel cartón sobre el mostrador.

—¿Qué te trae por aquí, Caitlyn? No te esperaba hasta la tarde —comentó Neve—. Por cierto, gracias por el café.

Caitlyn movió una mano en el aire, restándole importancia al detalle.

—Quería enseñaros algo y que me dierais vuestro punto de vista. Vosotras también sois chicas guapas y sofisticadas, con buen gusto para vestir y para escoger a vuestros hombres. —Metió las manos en la bolsa y sacó un conjunto de lencería de un intenso color púrpura. Lo desplegó ante los atónitos ojos de sus compañeras—. ¿Qué os parece?

Las reacciones poco entusiastas que despertó el atuendo no arruinaron esa sonrisa eufórica que le llegaba de oreja a oreja.

Neve no había visto nada más espantoso en toda su vida. El conjunto se componía de un corsé adornado con múltiples lazos y transparencias, de un liguero a juego y de unas bragas de encaje con cintas en los laterales que formaban dos grandes lazadas. Estaba totalmente pasado de moda, le había debido de costar muchas horas encontrar una reliquia semejante. Becca se había quedado muda a su lado y Neve le dio una patadita por debajo del mostrador para que disimulara.

—Pues... —Neve se aclaró la garganta y comenzó a asentir—. Es bonito, Caitlyn. Es muy... de tu estilo.

—¿Verdad que sí? Y este tacto suave y aterciopelado... ¡Toca la tela!

—Cierto, es muy suave. —Al menos el tejido era de calidad—. ¿Dónde lo has comprado?

—Oh, ¡no lo creeríais! Lo he comprado por catálogo a una tienda muy selecta de París que ha vestido a grandes estrellas del celuloide. Esta mañana me lo ha traído el mensajero.

—Y si no es mucha indiscreción... ¿Con quién piensas estrenarlo? Porque una mujer no compra lencería fina a menos que desee que un hombre se la vea puesta para quitársela después —intervino Becca, que por fin había salido de su estado catatónico.

Como nombrara a Kyle, Becca tendría que hacer un esfuerzo sobrehumano para no esconderse debajo del mostrador y ahogar allí la risa. No quería ser cruel con ella, pero aquello traspasaba las fronteras de la extravagancia. Incluso para Caitlyn.

A su lado, Neve apretaba los dientes.

—Las dos lo conocéis. Es un tío guapísimo y encantador, tiene una mirada sexy y un cuerpazo que me pone a cien. Desde que me lo encontré en la floristería se ha convertido en el amo y señor de todas mis fantasías sexuales. ¡Y os aseguro que son muchas! —Rio—. ¡Kyle Barnes va a probar el rico néctar de Caitlyn Lynch!

«¡Ay, Dios!», pensó Neve.

Becca volvió a quedar petrificada, hasta parecía aguantar la respiración. Neve sabía que se controlaba todo lo que podía para no herir los sentimientos de Caitlyn, aunque ¿qué era mejor? Si no hacían nada para evitarlo, continuaría con aquella locura y la respuesta que recibiría de Kyle le haría mucho más daño que los consejos que pudieran darle ahora. Por otro lado, ¿quién se creía que era ella para decirle a Caitlyn a quién podía aspirar y a quién no? Lo más justo era que lo comprobara por sí misma.

Siempre existía una posibilidad entre un millón de que a Kyle terminara gustándole. Y si no era así, que era lo más probable, estaba segura de que atajaría el asunto de un modo muy delicado. Kyle no era como el cartero, no echaría a correr ni la humillaría.

—¿Qué opináis? ¿Pensáis que le gustará? Yo estoy segura de que se pondrá cachondo en cuanto me vea con esto encima.

—Es... muy probable que le guste. Ya sabes como son los hombres —contestó Neve—. ¿Y cómo va tu plan de ataque?

—Genial, aunque tengo que acercar un poco más las posiciones.

Capítulo 9

En tres años, era la primera vez que gozaba de algo de tiempo libre. Ni siquiera cuando Nadine falleció se había alejado del estudio. Las horas interminables que pasaba frente a su mesa de trabajo lo habían ayudado a conllevar el insoportable dolor de la pérdida.

El proyecto con Dorean avanzaba a buen ritmo, pero no consumía todas las horas del día, a pesar de que también trabajaban en solitario para enfrentar ideas cuando se reunían, que solía ser por las tardes. El resto del tiempo lo empleaba en correr, en pintar, en hacer algo de turismo o, simplemente, en no hacer nada. En ese último año y medio, era la primera vez que conseguía relajarse sin que los pensamientos más turbadores lo asaltaran y lo golpearan hasta quitarle el aliento.

Se adentró en el terreno abrupto del cabo y aflojó el ritmo de las zancadas. Pensó en Neve y en la amena velada que habían compartido la noche anterior. Ella le provocaba un sentimiento peculiar, era como vislumbrar un rayo de sol después de muchos días de lluvia. Le apetecía mucho que llegara la tarde para volver a verla, aunque sabía que, tarde o temprano, volverían a surgir roces entre los dos. El tema del complejo hotelero los enfrentaba, y le creía cuando había dicho que estaba dispuesta a recoger las firmas de todos los habitantes de Howth para que el ayuntamiento de Dublín rechazara el proyecto.

Era una pena haber perdido el contacto con los hermanos. Se dijo que a partir de ahora trataría de conservarlo, aunque fuera telefónicamente. Ella le había facilitado el número de teléfono de Aidan, y ambos habían mantenido una larga charla que vaticinaba un reencuentro muy especial. Habían quedado en verse el jueves a mediodía en Dublín para almorzar juntos.

Ocupó el resto de la mañana en explorar los alrededores y se paseó por el terreno que pretendían urbanizar. El paisaje era increíble, los turistas acudirían en masa seducidos por el encanto de Howth. Solo eran unas hectáreas de terreno, el ecosistema no sufriría tantos perjuicios como Neve había apuntado. Exageraba, aunque la comprendía. Cada piedra en el camino, cada árbol, cada llanura y cada montículo, cada vista del océano, se contemplara desde donde se contemplara, eran pura inspiración. Y Dorean y él pretendían menoscabar una parte de ese conjunto.

«Una parte insignificante», se dijo.

Estaba sentado sobre la hierba tupida que circundaba el cedro. Tenía la espalda apoyada en la robusta corteza y el block abierto sobre la pierna flexionada, agregando a los bocetos las ideas en común que habían tenido la tarde anterior.

Neve y Caitlyn llegaron puntuales. Hubo un saludo amistoso mientras cruzaban el terreno hacia el jardín y una sonrisa coqueta en los labios de Caitlyn.

Nunca había conocido a una mujer que moviera tanto las pestañas.

Ambas se emplearon a fondo en el trabajo, cavando y trasplantando sin cesar, y la concentración de Kyle sobre los bosquejos técnicos se fue difuminando. En su lugar, lo asaltó una fuerte inspiración sobre un área de trabajo diferente.

El caballete junto a todos los demás utensilios estaba a un metro de él. No había vuelto a pintar nada desde que destruyera la pintura del faro la tarde anterior. Ahora, observar a Neve rodeada de flores, de plantas trepadoras y de verdes arbustos, hizo que le surgiera la imperiosa necesidad de situarse detrás del lienzo.

Y dibujó con frenesí, mezcló colores sin cesar y dio pinceladas enérgicas, poseído por una inexplicable emoción que nunca había sentido antes.

Al cabo de un par de horas, Caitlyn se deshizo de sus guantes y del sombrero y se despidió de Neve hasta el día siguiente. Kyle cubrió el lienzo cuando vio que se dirigía hacia él en lugar de acudir a su llamativo Austin. Durante el trecho, Caitlyn sacó el frasco de perfume de su bolso y se espolvoreó una buena ración sobre el escote. También se pintó los labios de un fuertísimo tono púrpura.

—Veo que has recuperado el entusiasmo —comentó la mujer, al tiempo que se recomponía el cabello rubio platino y devolvía los utensilios a su bolso.

—Sí. El faro me bloqueaba. He encontrado otra fuente de inspiración.

—¿Ah, sí? —inquirió zalamera—. ¿Y qué hay de mi sugerencia? Ya sabes, la de pintar modelos al desnudo.

Kyle se echó a reír. Esa mujer siempre se le había

atragantado, pero ahora que estaba tratándola algo más empezaba a sentir por ella cierta simpatía.

—Todavía lo estoy considerando.

La brisa le trajo una vaharada del insoportable perfume de Caitlyn y tuvo que aguantar la respiración.

—Te recuerdo que mi oferta sigue en pie. Los grandes pintores de la historia del arte siempre retrataban a mujeres desnudas y, además, los cánones femeninos de belleza se asemejaban mucho al mío. No es por nada, pero tengo un desnudo divino.

—Estoy seguro, Caitlyn. —Muy pocas veces una mujer conseguía dejarlo sin palabras, pero aquella era distinta a las que había conocido a lo largo de su vida—. Si me decido a hacerlo, serás mi primera opción.

—Oh… Me halagas, Kyle. —Llevó una mano con las uñas pintadas de color fresa a su hombro y apretó el músculo con deleite—. No te arrepentirás.

—Seguro que no.

Sus ojos azules brillaban de ilusión, como los de una niña abriendo su regalo de Navidad.

—Me tengo que ir. Me gustaría quedarme para charlar un rato contigo, pero se nos ha acumulado el trabajo y he de repartir unos cuantos encargos. —Depositó un beso en la punta de sus dedos y luego sopló sobre ellos en dirección a Kyle—. Hasta mañana, guapo.

—Hasta mañana, Caitlyn.

Cuando se hubo alejado lo suficiente, soltó el aire que el aroma empalagoso le había obligado a retener y se pasó una mano por el pelo.

—Joder… —murmuró—. Está como una puta cabra.

La repentina intromisión de Caitlyn en su burbuja de creatividad hizo que esta estallara y que perdiera la inspiración. Sin poder evitarlo, imágenes de Caitlyn posando desnuda sobre el sofá de su casa, como si fuera La maja desnuda de Goya, le acribillaron la mente y ya no pudo continuar sujetando los pinceles.

El día era especialmente caluroso y la humedad le ceñía las ropas a la piel. Recogió las herramientas y entró en la casa para ponerse el bañador. Al salir al jardín, encontró a Neve arrodillada en el suelo frente al desconchado banco de hierro que estaba pintando de color blanco.

—¿Qué haces? —preguntó.

—Restaurarlo. Quiero colocarlo en el mirador. —Ella alzó la cabeza, procurando que su vista no se detuviera ni una milésima de segundo en la tentadora ingle de Kyle—. Dentro de unos minutos traerán los muebles de ratán que compré ayer por la mañana. Vienen con un precioso velador. ¿Te gusta el blanco y el color moka? Debí consultártelo, pero me entusiasmé tanto al verlos que los pedí directamente. Era el último que quedaba en la tienda.

—Tú eres la experta diseñadora de jardines. Si a ti te gusta, a mí también me gusta.

—He pensado colocarlos ahí, junto a la fuente y de cara al mar.

—Es un buen lugar.

Una furgoneta blanca, en cuyo lateral se leía *Casa y jardín* en un resplandeciente tono verdoso, ascendía por el camino principal.

—Ya están aquí.

Kyle la observó atentamente mientras ella se ponía en pie y se quitaba los guantes. Tenía la impresión de que estaba más seria de lo habitual. A menos que le hubiera sucedido algo en las últimas horas, mucho se temía que el motivo era él. Tras el paréntesis de la noche anterior, quizás el asunto del complejo hotelero le impedía tratarlo con el mismo agrado, o tal vez se debía a la intimidad de las horas compartidas en el jardín. Por la mañana, cuando despertaron, él había visto la culpabilidad reflejada en sus ojos, como si hubieran hecho algo de lo que arrepentirse. ¿Se lo habría contado a Barry? De ser así, con la aversión que le tenía el mecánico, lo más probable era que hubieran tenido una buena bronca.

—¿Todo va bien? —le preguntó.

Neve se quitó el sombrero de paja, se despegó la melena del cráneo y sonrió.

—Claro —contestó, con aire resuelto—. Todo marcha genial. Voy a recibir a los empleados de la tienda.

Kyle cruzó la piscina de punta a punta en rápidas brazadas, recorriéndola cuarenta veces consecutivas. Al finalizar, emergió y apoyó los brazos en las baldosas exteriores para recuperar el aliento. Dorean había salido de la ciudad para reunirse con un cliente en Waterford, pero habían quedado en verse por la noche para avanzar en el trabajo. Seguramente les darían las tantas de la madrugada, porque Dorean trabajaba con tanta pasión como él. A excepción de Neve, no conocía a nadie más que se entregara tanto a su profesión.

Se alzó y salió del agua. Por encima de los setos que daban privacidad a la piscina, vio que los operarios ya se habían marchado y que el mobiliario ya estaba colocado en el rincón acogedor que Neve había destinado para él.

—¿Te gusta? —le preguntó ella, desde la otra parte del jardín.

—Me encanta. Tiene unas líneas muy vanguardistas.

—Y lo mejor es lo cómodos que son. —Ella se sentó en uno de los sillones y dio unos botecitos sobre el cojín que forraba el asiento—. Vamos, pruébalos.

—Me cambiaré primero, no quiero empaparlos.

—Yo continuaré con el banco. Le daré dos manos de pintura antes de marcharme.

—Eres una chica multiusos, Neve Mara. ¿Hay algo que no sepas hacer?

—Un montón de cosas, pero no te las voy a decir, porque prefiero que pienses que soy una supermujer —bromeó, imitando la respuesta que Kyle le había dado el día anterior mientras cocinaba el delicioso *coddle*.

Kyle esbozó una de esas sonrisas que le fundían las entrañas y luego la dejó sola. Suspiró y reanudó el trabajo, pero le sobrevino una cuestión que la descentró bastante. ¿Cuánto tiempo hacía que una sonrisa de Barry no la hacía sentir así? Nunca había ocurrido, para ser realistas.

«Lo siento, nena. Anoche estuve un rato con los chicos tomando unas pintas en O'Connells. Colin estaba hecho polvo porque lo había dejado su novia, así que intentamos animarlo y perdimos la noción del tiempo. No vi tu llamada perdida hasta que regresé a casa, pero ya era demasiado tarde para devolvértela. Supuse que ya estarías durmiendo y no quise despertarte».

A veces sentía que sus amigos eran más importantes para él que ella, aunque sabía que no tenía derecho a sentirse decepcionada. Al menos, Barry le había dicho que estuvo con sus colegas, mientras que ella no había sido capaz de contarle dónde había pasado la noche.

Hundió el pincel en el bote de pintura y continuó embelleciendo las sinuosas formas del hierro forjado.

Al cabo de un rato, Kyle regresó ya vestido al jardín. Se pegó el móvil a la oreja al tiempo que se sentaba en uno de los asientos de ratán. Aunque había una distancia prudencial entre los dos, al menos seis metros, en algunos momentos le llegaron retazos de la conversación que mantenía. Hablaba con Dorean. Iban a verse esa misma noche allí mismo, en su casa. Por lo visto, la arquitecta tenía la idea de trabajar hasta altas horas de la madrugada y Kyle le dijo que no creía que pudieran terminar el proyecto esa misma noche. El tono de su voz continuaba crispándola. Era tan cercano y tan extremadamente amigable que seguía pensando que Dorean terminaría por seducirlo.

Tras varios minutos, Kyle cortó la comunicación. El fin de la conversación coincidió con la conclusión de su tarea. El banco resplandecía bajo la brillante capa de pintura blanca. Ahora solo había que dejarlo secar y al día siguiente lo desplazarían hacia su nueva ubicación. Se puso en pie y se masajeó el cuello. Kyle miraba hacia el océano y Neve se acercó a él.

—Así que terminaréis esta noche.

Kyle la miró. Adiós a todo rastro de simpatía, Neve estaba seria. Estaba a punto de mostrar su temperamento aguerrido.

—No es probable, aunque Dorean cree que sí. De todos modos, después necesitaremos unos días para estudiarlo en su conjunto antes de presentarlo.

—Genial.

—¿Genial?

—Así tendré tiempo de recoger todas las firmas. No sé cómo lo voy a hacer para robarle un par de horas al día, pero me las arreglaré.

Kyle la miró fijamente.

—Así que sigues empeñada en frustrar nuestro trabajo.

—Así que sigues empeñado en atentar contra Howth.

Kyle emitió un suspiro exasperado. Por mucho que trataran el tema jamás acercarían posiciones.

Neve utilizó el otro asiento y lo miró con el ceño fruncido.

—¿Cómo te dejaste convencer por Dorean para venir hasta aquí y trabajar con ella? ¿Tanto te deslumbraron sus planes para edificar esa monstruosidad aquí, en Howth? ¿Acaso no tienes proyectos más interesantes que emprender en Boston? ¿Es por dinero? ¿Os vais a llenar los bolsillos con esto?

Kyle trataba de ser comprensivo con ella, entendía su malestar, pero había veces en que su carácter impetuoso lo sacaba de quicio. Apretó los dientes y contó hasta tres antes de contestarle.

—Nunca escojo mi trabajo basándome en el dinero, sino en lo que pueda aportarme profesionalmente.

—¿Y qué puede aportarte un hotel en Howth?

—Déjalo, Neve. No voy a entrar contigo en aspectos técnicos que jamás entenderías.

—No me tomes por idiota.

—No lo estoy haciendo. —La miró de frente y le habló con aspereza para dejarle las cosas bien claras—. Tú construyes tu jardín con total libertad y en ningún momento he entrado a valorar si lo que haces es más o menos valioso. Pido el mismo respeto para mí, ¿queda claro?

Neve se mordió el labio inferior tan fuerte que Kyle pensó que se haría sangre. No replicó, dejó caer la espalda con brusquedad contra el respaldo y respiró profundamente para controlar su exacerbado enojo.

Ninguno dijo nada durante un rato, se quedaron

mirando el océano mientras los ánimos se enfriaban. Kyle contestó a un par de llamadas de clientes importantes de Boston y les dijo que en un par de semanas regresaría a la ciudad. Cuando la última conversación concluyó, ella estaba más tranquila.

—Siento lo que te he dicho antes. —Agrietó el silencio con la voz arrepentida.

—Has dicho muchas cosas.

—Lo de Boston. Seguro que haces cosas increíbles allí.

—Afortunadamente, así es.

Neve por fin lo miró. Ya no saltaban esquirlas verdes de sus ojos.

—Me he pasado un poco de la raya.

—Desde luego. Pero estás disculpada.

—Gracias. Creo que… voy a regresar a lo mío.

—Me parece muy bien.

Las palabras brotaban con tirantez. Odiaba estar peleada con Kyle. Hacía quince años que no lo veía y en breve volvería a marcharse a Boston. ¿Era ese el recuerdo que quería conservar de él? Había dos maneras de hacer las cosas: por las buenas o por las malas. A lo mejor tenía más éxito si lo intentaba por las buenas.

Neve se puso en pie. Todavía le quedaba media hora de trabajo, pero había llevado muy buen ritmo durante toda la tarde y había cumplido sobradamente con los propósitos del día. Se le acababa de ocurrir una buena idea para limar asperezas, y le apetecía mucho llevarla a la práctica.

Asió la mano de Kyle.

—¿Por qué no damos un paseo? A los dos nos vendría bien.

Él consultó su reloj. Todavía faltaban dos horas para que llegara Dorean.

—De acuerdo.

Emprendieron el descenso del cabo por el camino terregoso por el que se accedía a las propiedades. Por deseo explícito de Neve, Kyle le amplió detalles sobre su trabajo en Boston, lo que a ella le permitió confirmar que la pasión por su profesión primaba sobre el dinero rápido y fácil. Luego, él le pidió que le hablara de su trayectoria laboral y Neve le explicó lo duros que fueron los primeros años hasta conseguir el equilibrio del que ahora gozaba.

Y así, abriéndose camino entre los campos verdísimos que el atardecer teñía de oro, con las voces arrulladas por el constante retorno de las olas a las rocas erosionadas de los acantilados, entraron en temas más personales. Mencionaron relaciones pasadas, aunque Kyle pasó de puntillas en lo concerniente a su matrimonio con Nadine. Neve tampoco fue demasiado explícita respecto a Barry. Una cosa llevó a la otra y terminaron charlando de sus aficiones. Algunas seguían siendo las mismas que en el pasado y otras eran nuevas. Unas cuantas eran mutuas y otras tantas no lo eran. Pero lo que sí era recíproco, hasta el punto de confundirlos, era la complicidad tan apabullante que existía entre los dos.

Pasearon sobre las espléndidas hectáreas de terreno desde las que se contemplaba una de las mejores panorámicas de la bahía de Dublín y que, si el proyecto de Dorean y Kyle prosperaba, dejaría de existir. Esperó a que a él se le llenara el espíritu con la hermosura del paisaje y que sus palabras de amor sobre aquel pedazo de tierra esmeralda le calaran bien hondo en el corazón. Kyle comenzó a entender lo que Neve se proponía, pero no se pronunció. No quería romper el encanto que se había establecido entre los dos.

Abandonaron el sendero principal y se adentraron en otro menos transitado que les guio hasta un árbol de ramas delgadas y rojizas que formaban una perfecta copa esférica. Se hallaba situado en el interior de una propiedad vallada a la que se accedía fácilmente desde el exterior, ya que la valla no superaba el metro de altura.

Neve se detuvo y observó los frutos rojizos que asomaban entre el ramaje. Kyle apreció un aire travieso en su mirada que le hizo recordar a la Neve del pasado. Ahora era una mujer centrada, madura y responsable, pero esa chispa de diversión que siempre la caracterizó continuaba siendo una de sus señas de identidad. Y una de las cualidades que la hacían tan adorable.

—¿No es ese el ciruelo del señor McLoughlin?
—Sí, ya veo que no lo has olvidado.
—¿Cómo iba a hacerlo?

Neve rio. Saquear las ciruelas del señor McLoughlin era una de las hazañas a la que había empujado a los chicos cuando no era más que una chiquilla de nueve años. Las dos primeras veces que habían saqueado la propiedad fueron fructíferas —nunca mejor dicho—, y salieron de allí con los bolsillos de los pantalones repletos de ciruelas que después se comieron en las proximidades. Sin embargo, en la tercera ocasión, el señor McLoughlin los sorprendió en plena faena y reaccionó como un energúmeno. Agarró una vara de metal y los persiguió campo a través durante un buen rato, soltando improperios y amenazándolos con llamar a la policía. No los agarró, ellos eran mucho más rápidos y ágiles, pero les quitó las ganas de volver por allí. Si los hubiera alcanzado con esa gruesa vara de acero, ¡les habría hecho mucho daño!

—¿Has visto qué rojas están las ciruelas? Seguro que tienen un sabor delicioso. Jamás podré olvidarlo, no he vuelto a probar nada igual.

—Conozco esa expresión, ¿qué estás tramando?
—Ella se encogió de hombros como haría una niña inocente—. No puedo creer que estés pensando en... Ya no tenemos edad para ir por ahí haciendo gamberradas.

—Vamos, ¡no seas aguafiestas! Solo cogeremos unas pocas, el señor McLoughlin no se dará ni cuenta.

—¿Aguafiestas? Piensa bien en lo que estás diciendo.

—Si lo pensara, ¿dónde estaría la diversión? En el caso de que nos descubra no podrá alcanzarnos. Está muy mayor y ha perdido mucha vista. ¿Qué dices? ¿Nos aliamos? Como digas que no, no te las dejaré probar.

Kyle cabeceó.

—¿Cómo es posible que me deje embaucar en esto?

Neve se echó a reír y lo arrastró literalmente hasta el linde de la propiedad.

Capítulo 10

Escudriñó los alrededores con mucho tiento. La sencilla casa de una sola planta estaba en silencio, con las persianas bajas, como si el propietario estuviera echándose una siesta tardía. Pasó por encima de la valla y se acercó al ciruelo con pasos sigilosos. Él se quedó de brazos cruzados, preguntándose si Neve estaría en su sano juicio.

Ella llegó al pie del árbol y alzó los brazos para alcanzar los frutos. No tenía ningún complejo con su metro sesenta de estatura, aunque cuando se veía en circunstancias como aquella hubiera preferido ser un poco más alta. Se puso de puntillas, pero sus dedos solo consiguieron rozar la piel lisa de las ciruelas.

—Kyle —susurró, mirándolo por encima del hombro—. Necesito tu ayuda.

—Ya lo suponía.

Mascullando por lo bajo, se acercó a ella y comenzó a arrancar las ciruelas de las ramas más bajas. Rápidamente, se las iba entregando y ella las iba guardando en los bolsillos de sus pantalones cortos.

—Ya está. Vámonos de aquí —le ordenó, pendiente en todo momento de la entrada de la casa.

—Alcanza unas pocas más, son muy pequeñas —musitó Neve.

Kyle resopló. Justo en el momento en que se disponía a complacerla, el señor McLoughlin apareció en el umbral sombrío de la puerta, mucho más anciano de lo que él recordaba, pero con la misma expresión belicosa en la cara enjuta y repleta de arrugas.

Ella había asegurado hacía un momento que no tenía buena vista, pero el oído debía conservarlo muy fino, pues en la huesuda mano derecha ya agarraba con fuerza la vara metálica con la que se defendía de los posibles merodeadores. Menos mal que no tenía ninguna escopeta.

—¡Os he pillado, malditos ladrones! Devolvedme lo que es mío si no queréis que os rompa la vara en las costillas, ¡sinvergüenzas!

El hombre salió al exterior y se acercó al ciruelo blandiendo la herramienta por encima de la cabeza, con una rapidez pasmosa para un cuerpo con una apariencia tan enclenque.

—Joder, ¡qué ágil está! —exclamó Neve, con gran asombro.

—¡Vámonos inmediatamente de aquí o cumplirá su amenaza!

Neve detectó el humor en sus palabras y se echó a reír mientras emprendían la carrera. Durante un buen trecho, el hombre los persiguió lanzando blasfemias al cielo, con una voz cavernosa que parecía proceder de los abismos del infierno. Pero la edad y el esfuerzo físico le pasaron factura y se rindió cuando el terreno llano comenzó a elevarse sobre la superficie del mar.

Poco después dejaron de escuchar su voz, y en la lejanía tampoco se distinguía ya su silueta, así que Neve se detuvo y apoyó las manos en las rodillas. Estaba exhausta y los pulmones le ardían. No había vuelto a correr desde las clases de gimnasia en el instituto. Jadeó el aire puro que corría allí arriba y Kyle se la quedó mirando con los brazos en jarras mientras ella se recomponía.

—¿Crees que es la misma vara de hace quince años? Parecía idéntica —bromeó, también él cansado por el esfuerzo físico que suponía ascender a la carrera por una pendiente tan inclinada—. ¿Te conoce?

Neve negó.

—Es un viejo huraño y antisocial que rara vez se deja ver en algún sitio. —Se irguió. Su pecho subía y bajaba acelerado—. Cuando tenía nueve años era mucho más divertido. No esperaba que nos sorprendiera y mucho menos que echara a correr detrás de nosotros. ¿Y si llega a darle un infarto? Me siento como una delincuente.

—Bueno, ahora mismo parece que seas tú a la que vaya a darle un infarto —aseguró—. Si te sientes culpable, todavía estás a tiempo de devolvérselas.

—¿Me tomas el pelo? ¡Pero si al principio corría tan rápido como yo! No me he jugado la vida en vano.

Kyle rio a carcajadas, que fueron secundadas por las sofocadas de ella. Cuando las pulsaciones se le normalizaron emprendieron el camino hacia las inmediaciones del faro.

La hierba silvestre crecía tupida por las frecuentes lluvias que azotaban aquellos parajes, y sobre ella se dejaron caer para hincarle el diente a las ciruelas que Neve se fue sacando de los bolsillos y que fue dejando en el angosto espacio que había entre los dos.

Ella mordisqueó la pulpa de una ciruela y cerró los ojos para paladear su exquisito sabor. Al tiempo, le habló con entusiasmo del jardín y de lo agradecida que le estaba por haber puesto el terreno a su entera disposición.

—Voy a crear el jardín más hermoso que nadie haya visto jamás. Estoy disfrutando tanto que a veces hasta me olvido del concurso. Me gustaría ganarlo, sería increíble, pero en algún momento de los últimos días ha dejado de ser primordial. —Saboreó un nuevo mordisco—. No sé cómo explicarlo. Me siento como si… como si estuviera haciendo algo muy importante. Quizás sea lo más destacable que vaya a hacer nunca.

Tras esa última reflexión, se le ensombreció el semblante.

—Eso suena un poco triste. No es por quitarle relevancia a lo que te dedicas, pero la vida puede ofrecernos cosas mucho mejores, ¿no crees?

—Supongo que sí, no lo sé.

—Qué respuesta más ambigua para alguien que tiene las ideas tan claras.

—Bueno, tú también has confesado que vives volcado en tu profesión.

—Y es cierto. Pero una vez tuve algo mucho más importante que mi diploma.

Neve quedó pensativa.

Muy a su pesar, reconoció que estar rodeada de sus flores le producía más satisfacciones que el tiempo que pasaba con Barry. Y lo que todavía era más preocupante: prefería la compañía de Kyle a la de su novio. Se le hizo un nudo en el estómago.

Él contempló su perfil meditabundo. Su mirada verdosa estaba perdida en el horizonte. Siempre risueña, su comentario parecía haber despertado algún dilema de índole emocional. A él se le hacía difícil entender cómo una mujer tan extraordinaria como Neve podía compartir su vida con un tipejo como Barry.

Ella se lamió los labios carnosos y los pensamientos de Kyle quedaron relegados a un segundo plano. Su belleza lo embelesó y deseó capturar entre los dedos el mechón rojizo que bailoteaba sobre su oreja, ondeado por el viento salobre. Fantaseó con acariciar su piel tersa, con deslizar los dedos por las curvas suaves de su cuerpo. Ansió besar los labios jugosos con sabor a ciruela.

Las visiones fueron tan auténticas y despertaron en él tal necesidad de convertirlas en reales que se quedó sin respiración. Miró la ciruela que se estaba comiendo como si el viejo señor McLoughlin hubiera inyectado en la pulpa alguna clase de sustancia alucinógena.

Aunque ya había sentido algo similar la noche anterior, cuando se quedó dormida entre sus brazos.

Neve rompió el curso de sus preocupantes pensamientos y se dejó caer de espaldas sobre el manto alfombrado de la hierba. No era el momento de ponerse a meditar sobre su vida. Mordió la ciruela y arrojó el minúsculo hueso al océano.

—Tengo una curiosidad —le dijo.

Kyle cargó el peso sobre el antebrazo izquierdo y se inclinó sobre ella.

—¿Cuál?

—¿De qué habláis Caitlyn y tú cada vez que se va?

—Eso es privado.

—¡Venga ya!

Kyle le sonrió desde arriba.

—Me ha hecho unas cuantas propuestas.

—¿Como cuáles?

—Unos oídos tan sensibles como los tuyos no las tolerarían.

—¿Vas a dejar de tomarme el pelo? —Le propinó un manotazo en el brazo flexionado, que estaba duro como una roca. El nudo del estómago se le aflojó y, en su lugar, sintió un dulce hormigueo cuando él se echó a reír—. Cuéntamelo —le imploró, con la voz tierna.

—Está bien. Tú lo has querido. Tu buena amiga Caitlyn se ha ofrecido para que la pinte como su madre la trajo al mundo.

Neve arqueó las cejas y al instante estalló en estrepitosas carcajadas que lo volvieron a embelesar. Kyle deslizó el brazo y tocó su cabello, que se desparramaba sobre la hierba como una nube de fuego. Se fijó en los encantadores hoyuelos que se le formaban en las mejillas y deseó mordérselos.

La sensatez se le escapaba a pasos agigantados. Mientras la observaba retorcerse de la risa, quería recuperar los sentimientos fraternales de antaño, pero, cuanto más insistía en ello, más lejos estaba de lograrlo.

Neve se llevó una mano a la dolorida barriga, Caitlyn nunca dejaba de asombrarla con sus ocurrencias.

—¿Y tú qué le has dicho?

—Que tendré su candidatura en cuenta.

—Eres cruel alimentando sus esperanzas.

—Se le olvidará en cuanto me marche a Boston.

Escucharle decir eso le congeló la sonrisa y el buen humor reinante se evaporó. En unos días haría la maleta y se subiría a un avión. Si el alcalde aprobaba el proyecto regresaría a Howth, pero, en caso contrario, no creía que volviera a verlo. Se quedó mirando las nubes algodonosas que la brisa desplazaba raudas sobre sus cabezas.

—Neve.

—Dime.

—¿Qué demonios estás haciendo con Barry Walsh?

—¿Qué quieres decir?

Kyle enrolló el dedo en un mechón de su cabello y luego lo soltó. Ella lo miraba con el ceño fruncido. No iba a gustarle lo que estaba a punto de decirle, pero lo escucharía de todos modos.

—Hace casi dos semanas que llegué a Howth y solo lo has nombrado para intentar convencerme de que ya no es un majadero. No lo has logrado, por cierto. He hablado con él en un par de ocasiones y me sigue pareciendo el mismo Barry Walsh de siempre, solo que un poco más calvo y más gordo. ¿Qué haces con un tío que no te apoya ni valora lo que haces?

Las pupilas de Neve se contrajeron y el verde de sus iris se asemejó al de las aguas de un río turbulento.

—Que hayas cruzado unas cuantas palabras con él no te da derecho a juzgarlo. Nunca os habéis caído bien, siempre echaréis pestes el uno del otro y eso es algo que nunca va a cambiar. Lo siento, pero no eres objetivo en esto.

—¿Lo amas? ¿Estás enamorada de él? —le volvió a preguntar.

—¡Pues claro que sí! Hace tres años que estamos juntos, ¿cómo iba a estar a su lado si no lo quisiera?

Otra vez la misma respuesta.

—Esperaba que me lo explicaras tú, pero tu argumentación vuelve a ser tan pobre que no convence a nadie. Ni siquiera a ti misma. Hace un momento tuviste la ocasión de incluirlo entre los proyectos más importantes de tu vida y ni siquiera te acordaste de él.

—No tergiverses mis palabras, Kyle. ¡Me refería al trabajo!

Sulfurada, se irguió para quedar sentada sobre los talones.

—Tú nunca fuiste una persona conformista. Solo tenías trece años y siempre andabas inventando mil historias para romper con la rutina. Sigues siendo así, lo he comprobado durante estos días, pero no te comportas igual en tu relación con Barry. ¿Qué es lo que te ha pasado? Me niego a creer que no hayas encontrado a alguien más afín a ti.

—Te estás pasando de la raya, Kyle —masculló.

Ella le había dicho que la punta de la nariz ya no se le ponía colorada cuando se cabreaba, pero evidentemente le había mentido.

—¿Por qué? ¿Porque te duele escuchar la verdad?

—Porque no tienes ningún derecho a plantarte en Howth tras un montón de años sin saber nada de mi vida, y tomarte la libertad de soltar todas esas sandeces como si me conocieras mejor que yo misma.

La efusividad con la que se defendió la dejó sin respiración. No tendía a perder los estribos con facilidad, pero Kyle la había puesto furiosa. Estaba furiosa con él, consigo misma ¡y con el mundo entero! Desde que había puesto los pies en Howth sentía que su presencia era un constante atentado contra su equilibrada vida. Pasaba demasiado tiempo a su lado, volvía a ser la niña de trece años que lo buscaba a todas horas del día.

Hizo ademán de levantarse, no tenía nada más que decir, pero Kyle entorpeció sus intentos de huida aferrándole la muñeca y tirando de ella hasta que la tuvo tan cerca que solo tuvo que moverse unos centímetros para apoderarse de su boca. Le apresó los labios, que sabían a ciruela, y la besó con exigente suavidad, familiarizándose con su textura, con su forma y con su calor. Con la manera dulce y delicada en que ella le devolvió los besos tras un breve instante de aturdimiento.

Kyle se retiró un segundo para descifrar sus emociones y descubrió que, donde hacía un instante había rabia, ahora solo existía un intenso anhelo. Regresó a ella con la acuciante necesidad de que su candor templara aquellos rincones de su alma que estaban tan entumecidos. Le separó los labios con la lengua y tentó la suya, que lo recibió gustosa, anhelante, incluso famélica.

A Neve se le desenchufó la mente y la emoción le traspasó el corazón. Los dedos de los pies se le encogieron y un tórrido calor le encendió las mejillas. El sabor de su boca le gustó mucho más que el de las sabrosas ciruelas. Mucho más que cualquier cosa que hubiera probado jamás.

Kyle le perfiló los labios con la lengua y luego jugueteó con la de ella. Aumentó la presión para después reducirla mientras ella le acariciaba el cabello y gemía celestialmente contra su boca.

De súbito, el rostro de Barry adquirió forma tras la oscuridad de sus párpados cerrados. Intentó hacerlo desaparecer entregándose a los besos de Kyle con toda su pasión, pero la imagen persistió hasta que la culpabilidad no la dejó respirar. Estaba engañando a su novio, al hombre con el que tenía un compromiso serio.

Se sentía como si acabara de ser tocada por una varita mágica. Le recorría las venas una emoción tan maravillosa que no quería renunciar a ella. Pero sus valores eran más sólidos que cualquier otra cosa en el mundo, y Barry no se merecía aquello.

Avergonzada, retiró la boca de Kyle y apretó los labios para que no le temblaran. Se volvió de cara al mar y respiró profundamente para serenarse. Él se frotó la cara con la palma de la mano. Por el rabillo del ojo comprobó que estaba tan aturdido como ella.

—¿Qué has querido demostrarme con esto? —La rabia regresó y fluyó a través de todos los poros de su piel—. ¿Que no amo a mi novio?

—¿De verdad me crees capaz de hacer algo tan repugnante?

—Ya no sé qué creer.

Kyle soltó un suspiro de desaliento.

—No tiene nada que ver con Barry.

—¿Ah, no? ¿Entonces con qué tiene que ver?

Enfrentaron las miradas. La de ella era belicosa, la de él transmitía una gran impotencia.

Kyle se había hecho esa misma pregunta. ¿Qué le estaba pasando? ¿Por qué desde que lo había recibido en su floristería sentía la necesidad de estar con ella a cada momento? Acababa de comprobar que su atracción por Neve no era ningún espejismo, era tan auténtica y poderosa que respondía a todas sus preguntas. Pero no podía hacerle aquella putada.

—Lo siento, Neve. Lamento haberte colocado en una situación tan delicada. —Su enojo no menguaba—. Deseaba tanto besarte que no he podido controlarlo. Eso es todo lo que puedo decirte.

Neve se ablandó un poco y bajó la guardia. Su contestación la satisfizo, pero, a la vez, lo empeoraba todo. Jamás habría imaginado que él pudiera considerarla como mujer y no solo como amiga.

—Perdona por haber reaccionado así. Yo... te he correspondido. —Arrancó un poco de hierba del suelo y luego la dejó caer—. Deberíamos olvidar lo que ha pasado y no darle mayor importancia.

«Aunque la tenga para ambos».

Kyle se mostró de acuerdo y ella se puso en pie casi de un salto. Se sacudió las briznas de hierba que se le habían quedado adheridas a los pantalones cortos.

—Regresemos, se está haciendo muy tarde.

Capítulo 11

Aquel viernes por la tarde, Neve se sacó los guantes, se desprendió del sombrero con el que se resguardaba de las horas más calurosas del día y admiró los avances con satisfacción antes de marcharse a casa. Los arbustos habían crecido al igual que el césped, los capullos de algunas clases de flores ya estaban a punto de abrirse, las plantas trepadoras ya tomaban posesión de la fachada de la casa, y el banco ya estaba colocado de cara al mar, bajo una encantadora farola de luz solar. Una semana más y todo estaría listo. Después, solo tendría que ocuparse del mantenimiento para que luciera espléndido cuando los jueces del concurso vinieran a visitarlo.

Bebió un trago de agua y se enjugó el sudor de la frente.

Los últimos días habían sido un tanto extraños. Ella se había volcado más que nunca en el trabajo y le había pedido a Caitlyn que echara más horas en el jardín. Desde el beso no quería quedarse a solas con Kyle, así que lo esquivó tanto como pudo, aunque aquel alejamiento autoimpuesto no hizo más que aumentar el sentimiento de echarlo de menos.

Kyle había intentado que hablaran la tarde anterior. Le había propuesto que tomaran un té helado en el mobiliario del jardín, pero ella declinó su invitación argumentando que iba retrasada. Sus conversaciones habían sido formales. Como cuando él le contó que había comido con Aidan en Dublín tras un reencuentro muy especial y emotivo.

Durante esos días, Dorean y Kyle habían trabajado incansablemente en su maldito proyecto. Ella también había hecho un sobresfuerzo por compatibilizar todas sus obligaciones y buscar un hueco para recoger las firmas de los ciudadanos de Howth. La ayuda que había recibido de Becca y de Caitlyn había sido inestimable. Por las noches, después de cenar, las tres recorrían el pueblo de punta a punta hasta la medianoche. Una por una, llamaban a todas las puertas para explicarles a los vecinos que los «arquitectos venidos de fuera» pretendían construir un colosal complejo hotelero en su querido y adorado Howth. No les había hecho falta dar demasiadas explicaciones. Cuando escuchaban aquello, la inmensa mayoría estampaba sus firmas con total predisposición mientras mascullaban palabras de indignación.

Y ahora, gracias a la colaboración de sus amigas, tenía en casa un bonito listado de cinco mil firmas. Un par de noches más y contaría con la aprobación del noventa y cinco por ciento de la población. Esperaba que fuera suficiente para que el alcalde no le diera trámite a aquel terrible desacato contra Howth.

Neve se despojó de su cinturón de herramientas y se masajeó la zona lumbar. Llevaba más de dos horas arrodillada, sin apenas despegar los ojos del suelo. Caitlyn se había marchado a toda prisa hacía un rato. Becca las había telefoneado porque la necesitaba para que entregara un encargo de última hora.

Neve iba a sentir mucho tener que despedirla cuando los trabajos en el jardín concluyeran. Se había encariñado con ella, pero no podía conservarla a menos que volvieran a verse desbordadas.

Kyle se hallaba pintando de cara al jardín, como hacía siempre que Dorean no merodeaba por allí. A veces, se lo había quedado mirando a través de los arbustos y del follaje denso de las plantas, sintiéndose frustrada por no saber cómo resolver esa situación tan molesta sin que sus sentimientos se vieran implicados de nuevo. Otras veces, era ella la que se sentía observada.

¿Qué estaría pasando por la cabeza de Kyle?

Finalizada la jornada, se dispuso a marcharse a casa. Le aguardaba una mañana de sábado muy ajetreada, porque tenían que decorar la iglesia para el enlace de Patrick y Fiona.

Cuando caminaba hacia la furgoneta, Kyle se puso en pie y le habló alto para que pudiera oírle desde la distancia.

—Neve, ¿puedo hablar un momento contigo? Solo serán unos minutos.

Ella asintió, fingiendo naturalidad.

Kyle recorrió el terreno con las manos metidas en los bolsillos de unos vaqueros ajados y manchados de pintura. Sus ojos la miraban con ternura y con un atisbo de pesar.

—El lunes vamos a presentar el proyecto en el ayuntamiento. El procedimiento suele tardar uno o dos meses, depende de los técnicos, así que el martes por la mañana tomaré un vuelo a Boston. —El atisbo de pesar se acentuó, igual que la congoja que ella experimentó—. Solo estaré tres días más por aquí y no concibo la idea de llevarme el recuerdo de una Neve que me da esquinazo cada vez que intento acercarme a ella. Lo que ocurrió entre los dos ocurrió, no hay marcha atrás, no existe nada que podamos hacer para cambiarlo. Pero sí podemos encajarlo y seguir como hasta ahora. No soporto pensar que la culpa te impide acercarte a mí.

Se marchaba y estaba segura de que no volvería en mucho tiempo. Quizás no lo hiciera nunca. Sintió escalofríos y se frotó los brazos, que sintió repentinamente helados. Con la punta de la sandalia retiró una piedrecilla del camino y luego asintió con lentitud.

—¿Volveré a verte?

—Si nos dan el trabajo vendré a Howth a menudo.

—¿Y si no?

—No lo sé —contestó con franqueza.

Un nudo doloroso se le aposentó en la garganta, pero se hizo la dura y reprimió con todas sus fuerzas las ganas de echarse a llorar. Comprendió que continuar con aquella actitud tan fría y distante podía hacerle mucho más daño que aflojar las cadenas con las que contenía sus sentimientos.

No le salieron las palabras, así que se abrazó a él. Kyle la rodeó con fuerza y le dio un beso en la cabeza. Neve sintió ese abrazo como una despedida dolorosa, como si miles de alfileres se le clavaran en el corazón. Kyle experimentó una fuerte presión en el pecho.

—Sabes que te quiero, ¿verdad?

Neve alzó la cabeza. Él le acariciaba el cabello y la miraba con adoración.

—Yo también te quiero —le aseguró ella.

Los novios estaban radiantes, se conocían desde el instituto y por todos era conocido que estaban deseando casarse. En cuanto el negocio que compartían comenzó a generar beneficios, corrieron a la iglesia para hablar con el cura. El júbilo de los recién casados contagió a todos los invitados y la hacienda de los padres de Fiona, lugar en el que festejaron la ceremonia, se engalanó por todo lo alto.

Había muchas caras conocidas entre los asistentes, aunque Neve pasó la mayor parte del tiempo con Becca, Cash, Barry, Aidan y su cuñada Deirdre. Caitlyn estaba sentada en otra mesa, pero después de los postres el ambiente se volvió más desenfadado y la mujer se unió a ellos. Neve incluso se emocionó cuando Caitlyn le confesó que era su mejor amiga. Por su carácter peculiar, pocas personas en Howth la soportaban más de cinco minutos seguidos.

La anécdota más divertida de la tarde la protagonizó ella, cuando arremetió contra todas las mujeres solteras que se agrupaban como una piña detrás de la novia, esperando a que esta lanzara el ramo de flores. No tuvo rival, Caitlyn empujó y dio codazos a todas las chicas para hacerse con el codiciado ramo. Se movió con extraordinaria agilidad cuando saltó con los brazos alzados al cielo, y Neve temió que el ajustadísimo vestido de encaje azul con adornos de color dorado reventara por alguna costura. No sucedió, y Caitlyn gritó triunfal, al tiempo que todos los solteros de Howth bajaban la vista al suelo y carraspeaban como si el tema no fuera con ellos.

Todo el mundo bailó y bebió hasta que el cielo se tornó púrpura y el púrpura se transformó en negro. Becca y Cash no se separaron ni para acudir al baño, el evento los había enternecido y no pensaban en otra cosa más que en su propia boda, que pronto tendría lugar. Aidan y Deirdre estaban tan compenetrados como siempre, aunque ya hacía unos cuantos años que se habían casado y sus manifestaciones de cariño en público eran mucho más comedidas. Aidan le contó que su reencuentro con Kyle el jueves pasado en Dublín había sido sensacional.

—Es un gran tipo, sigue siendo el mismo de siempre. Es una pena que tenga que volver a irse.

Sí que era un gran tipo porque, ¿quién sino Kyle estaría dispuesto a tumbarse con ella bajo las estrellas y aguantar sus largas disertaciones sobre el mundo astronómico?

¿Quién estaría tan loco como para dejarse convencer de apropiarse indebidamente de las ciruelas del señor McLoughlin?

Sus ojos buscaron en la noche de luna creciente el faro de Baily, cuyo potente foco de luz guiaba hacia la costa a los navegantes, y la tristeza le oprimió el corazón. El martes se marcharía, tal vez para siempre.

Esta segunda despedida le sabría incluso más amarga que la primera.

—¿Has traído la cámara de fotos?

Neve dio un respingo al oír la voz de Becca tan cerca de su oído. Estuvo a punto de derramar el *champagne* de la copa.

—No, ¿por qué?

—¡Porque en la pista de baile está teniendo lugar un hecho histórico! —Becca se echó a reír—. ¿Cómo es que no te has dado cuenta? ¿En qué andabas pensando?

—En nada. ¿Qué es lo que sucede?

Neve escudriñó la pista y sus ojos toparon con Caitlyn y Barry, que bailaban juntos un enérgico *rock and roll*. Abrió los ojos como platos.

—No puede ser, ¿cómo ha ocurrido? Pero si Barry tiene dos pies izquierdos, jamás lo he visto bailar en tres años.

—Caitlyn lo ha arrastrado literalmente hacia la pista y ahora, míralos, ¡se lo están pasando en grande!

Neve se echó a reír.

—No he traído cámara de fotos, pero me apañaré con el móvil. Pienso inmortalizar este momento y se lo enseñaré a Barry cuando esté totalmente sobrio —aseguró, rebuscando en el interior de su bolso—. ¿Cómo es posible que Caitlyn haya conseguido en una noche lo que yo no he logrado en tres años?

—Es Caitlyn. —Becca se encogió de hombros.

La diversión finalizó bruscamente cuando la canción terminó y los dos abandonaron la pista. Un Barry sudoroso y achispado la tomó del brazo y la condujo a través de la hacienda, buscando un lugar un poco más íntimo y alejado del bullicio. Neve le preguntó que adónde la llevaba, pero Barry no le respondió. No se detuvieron hasta pasar la gran fuente que dominaba el centro de los laberínticos jardines.

La difusa luz de una farola impactó en la cara de Barry, revelando una clase de inquietud que Neve nunca había visto allí. Incluso se le trabó la lengua cuando comenzó a hablar y no precisamente a consecuencia del alcohol.

—Nena, llevo unos días pensándolo seriamente y he tomado una decisión importante que nos involucra a los dos. —Le tomó las manos y se las acarició—. Estamos bien juntos, nos queremos y todas esas cosas, ¿así que para qué vamos a alargar más el noviazgo? A ti te va bien con la floristería y el taller funciona de puta madre. Podríamos vivir en tu casa, es más grande que la mía, y además quiero ser padre antes de cumplir los treinta y cinco.

A Neve se le ralentizó el corazón mientras lo escuchaba.

—Por todo eso y por mucho más, ayer estuve en la joyería de la exnovia de Colin y me ayudó a escoger esto.

Soltó sus manos para inspeccionar el interior de su chaqueta de traje. Se secó el sudor que le resbalaba por la frente al no encontrar lo que andaba buscando, y esbozó una sonrisa nerviosa al recordar el lugar exacto donde lo había colocado. Metió la mano en el bolsillo de los pantalones y sacó una cajita negra que puso ante los ojos de Neve.

—¿Te quieres casar conmigo?

Ella se quedó mirando la cajita forrada de terciopelo que él abrió con dedos temblorosos. El bonito anillo de diamantes que escondía atrapó la luz de las farolas. Neve tragó saliva, la garganta se le había quedado seca como una lija y ni un solo músculo del cuerpo le obedecía.

Una sucesión de rápidas imágenes desfilaron por su cabeza. Pensó en los partidos de fútbol que Barry veía a todas horas, independientemente del equipo que jugara; pensó en las salidas intempestivas con sus amigotes casi todos los días de la semana y en las anodinas tardes de domingo encerrados en casa. Pensó en lo poco que a él le gustaba dialogar y en sus ridículas objeciones cuando ella le proponía pasar unos días fuera de Howth.

Pensó en lo rudimentario y escaso de emoción que era el sexo entre los dos, y sintió que todo el peso del mundo le caía sobre los hombros.

¿Era Barry el compañero de viaje que deseaba en la vida?

No, no lo era. No podían ser más diferentes ni desear cosas más opuestas.

Mientras observaba los destellos del diamante, dejaron de tener fuerza los argumentos con los que siempre se autoconvencía de que una relación cómoda era todo cuanto necesitaba. No era así. Ella quería vivir y sentir, deseaba a alguien a su lado que caminara en el mismo sentido. Si ese alguien nunca llegaba, prefería caminar sola que tropezar al lado de Barry.

Llevó la mano a la cajita y la cerró ante la estupefacta mirada de Barry.

—Barry, yo... no puedo casarme contigo.

—¿Qué dices? ¿Por qué no? ¿Acaso no te gusta el anillo? Podemos escoger otro.

—No es por el anillo. Es que... —Dios, ¡cómo le costaba decir aquello! Detestaba romperle el corazón—. Yo... he hecho todo lo posible para que esta relación funcione, pero cuando pienso en mi futuro no te veo a ti en él. Me he dado cuenta de que te quiero, pero no estoy enamorada de ti.

—¿Que no me amas? —Estaba desconcertado—. No será que ese capullo te sigue metiendo cosas raras en la cabeza, ¿no? Primero ese asunto del concurso y ahora esto. Te noto cambiada, nena, pasas demasiado tiempo con él y eso no es bueno. Me están entrando ganas de ir a partirle la cara.

—Kyle no tiene nada que ver en esto. Se trata de mí, y mis sentimientos. —Lo frenó con dulzura en las palabras. Kyle solo había ayudado a que abriera los ojos—. Siento haber tardado tanto en darme cuenta y haberte hecho perder el tiempo. Espero que algún día puedas perdonarme.

—¿Estás rompiendo conmigo?

Neve asintió con los ojos empañados.

—Sé que encontrarás a alguien que se acople mejor a ti. A la larga, los dos seríamos muy infelices.

—Vaya... —Barry no se lo podía creer.

Él no era hombre de muchas palabras ni de expresar sus sentimientos, pero Neve sabía que estaba muy afectado, porque se le habían enrojecido los ojos azules.

—Sé que vas a arrepentirte. Todas las tías que me han dejado lo han hecho.

—Yo... no lo creo—. A continuación, colocó la mano en torno a la muñeca de Barry y se la apretó con cariño—. Te deseo lo mejor.

Neve encontró la salida de la hacienda y se marchó a casa caminando. Fue un poco egoísta al desaparecer de la fiesta sin dar explicaciones y dejarlas en manos de Barry. Si él optaba por contarle a todo el mundo lo que había sucedido, lo haría con mucho más aplomo que ella. Que no amara a Barry no significaba que no le doliera haber puesto fin a su relación.

Esa noche apenas durmió, dio vueltas y más vueltas en la cama y lloró a intervalos. Dejar a Barry le había causado tristeza, pero no lloraba por eso, sino porque era muy probable que hubiera accedido a casarse con él de no ser por Kyle. ¡Y eso era tan deprimente! ¿Cómo había podido resignarse en el amor?

El domingo por la mañana hubo de atender el teléfono. Tenía unas cuantas llamadas perdidas de Aidan, de Becca e incluso de Caitlyn, así que los llamó para explicarles lo que había sucedido. Barry no les había ofrecido muchos detalles, lo único que les comentó fue que habían tenido una discusión y que ya no estaban juntos, pero que esperaba que Neve «recuperara el juicio» y regresara con él.

—Has hecho lo correcto, Neve. Se notaba a la legua que no eras feliz con él, al menos no como se supone que debías serlo en tan poco tiempo de relación —le había dicho Becca.

Comió sola en casa, durmió una siesta reparadora y después se fue caminando hacia el puerto. Siempre que se sentía mal acudía allí. A veces, simplemente se sentaba en un banco y observaba el ir y venir de las embarcaciones pesqueras, otras veces se acercaba hasta la orilla y se mezclaba entre los turistas para contemplar a las focas que hacían cabriolas en el agua para ganarse el favor de su público. Neve compró una bandeja de pescado en una pescadería de la zona y les dio de comer. Un niño de apenas tres años reía a su lado y les decía a sus padres que los bigotes de la foca le hacían cosquillas en la mano cada vez que acercaba el morro para apoderarse de un nuevo pescado. Neve también terminó riendo. Hacer algo tan sencillo como alimentar a aquellos animales tan agradecidos o escuchar las alborotadas risas de un niño le restaba complejidad a la vida.

Al cabo de un rato, se puso tras el volante de la pequeña furgoneta y tomó el camino que conducía al cabo.

Aparcó donde tenía por costumbre y se apeó. Cuando tomó la decisión de subir allí arriba no estaba nerviosa, pero ahora que se encontraba ante la casa, con el solitario cedro dibujando sombras que bailoteaban sobre la fachada, sintió una desagradable presión en el pecho. Observó los alrededores, lo buscó con la mirada allá donde el faro se erigía en la lejanía, pero no lo encontró. Y tampoco estaba en el jardín, ni en la piscina.

Así de solitario estaría aquello una vez que él se marchara. Sabía que la pena la consumiría cuando regresara al jardín todos los días y él ya no estuviera.

Siguió el sendero hacia el mirador y tomó asiento en el banco. Hacía una tarde preciosa. El mar estaba en calma y la brisa era ligera. El aire olía a sal y a flores, y el sol que descendía a su espalda le calentaba los hombros y la nuca. Permaneció allí un buen rato, con la intención de dejar la mente en blanco. A veces cerraba los ojos para enamorarse los oídos con los sonidos de las olas y los trinares de los pájaros, otras veces los abría para alegrárselos con la belleza de su pueblo pesquero.

Hasta que el motor de un coche rompió con la armónica resonancia de la naturaleza y el corazón le dio un salto.

Por encima del hombro, vio que la camioneta de Kyle se aproximaba a la casa. Al cabo de unos minutos, oyó sus pasos atravesando el sendero empedrado del jardín.

No se movió ni un ápice hasta que Kyle llegó al banco y la miró como si formara parte de un enigma que ansiara descifrar.

—¿Qué estás haciendo aquí, Neve?

—Espero que no te importe que me haya colado en tu propiedad sin estar tú presente.

—Pues claro que no. Este lugar es casi más tuyo que mío. —Kyle se sentó a su lado y la observó con detenimiento. Sus ojos tenían una mirada reflexiva y había rastros de cansancio en ellos, como si no hubiera dormido demasiado—. ¿Qué te sucede?

—¿Por qué piensas que me ocurre algo?

—Bueno, es domingo por la tarde y estás aquí sola mirando el mar. Te has pintado las uñas de los pies de color morado y tienes unas bonitas ojeras que hacen juego con ellas. ¿Quieres que siga?

Neve esbozó una leve sonrisa.

—¿Qué tiene que ver que me haya pintado las uñas de color morado?

—Es un color un poco fúnebre para alguien como tú.

—¿Alguien como yo?

—Los colores alegres combinan mejor con tu personalidad.

Neve lo miró con dulzura. Levantó los pies del suelo y movió los dedos.

—Hacían juego con el vestido que me puse para la boda.

—¿Qué tal la ceremonia?

—Bien. Los recién casados deben de estar ahora mismo camino de Cancún.

—Pues la fiesta debió de prolongarse hasta altas horas de la madrugada, a juzgar por lo cansada que pareces.

—La verdad es que me fui pronto a casa. Estaba agotada y los zapatos me estaban destrozando los pies.

—Claro. —Kyle estiró las piernas y extendió los brazos sobre el respaldo del banco—. ¿No vas a contarme lo que sucede?

Neve torció el gesto.

—¿Nunca te ha pasado que has estropeado un momento único y especial por hablar demasiado?

—Es posible.

—Entonces no me hagas preguntas, porque fastidiaría este con mis respuestas. Solo quiero estar aquí un rato y no pensar en nada. —Neve apoyó la cabeza sobre su hombro y suspiró—. ¿Puedes quedarte conmigo?

—Claro.

Ella acababa de ducharse, todavía tenía el cabello

un poco húmedo y todo su cuerpo despedía una aromática fragancia a cítricos. Kyle le dio un beso en la cabeza y se quedaron mirando el mar durante largo rato, cada uno sumido en sus propios pensamientos, ignorando que los dos reflexionaban sobre lo mismo.

—Esto va a quedarse muy triste cuando te vayas —musitó ella.

—No tanto. Tu jardín le ha dado mucha vida a este viejo lugar.

—Pero no podré discutir con las flores, ellas no me contestarán.

Kyle sonrió.

—Tampoco discutimos tanto tú y yo.

—Eso es cierto.

—¿Cómo va la recolecta de firmas? —inquirió, al tiempo que le acariciaba la piel tersa del brazo.

—Estupendamente. Los vecinos se han volcado con nosotras. Mañana las llevaremos al ayuntamiento.

—Sé que no te lo he dicho, pero tu lucha me parece admirable. Aunque vaya en contra de mis intereses.

—¿Y no te da pena? ¿Ni siquiera una poca? Cada vez que salgas de casa y mires hacia la derecha ya no verás la bahía, sino un edificio enorme y horroroso —dijo con tristeza.

—No será horroroso, el diseño es muy vanguardista. Estoy seguro de que te gustaría si lo vieras.

—Claro que no. Ni aunque fuera el edificio más bonito del mundo lograrías que me gustara. Contesta a mi pregunta.

—Sí, has conseguido que me dé pena. Cuando llegué aquí solo era un pedazo de terreno, ahora es mucho más que eso. Pero es mi trabajo, Neve.

—Lo sé. —Suspiró.

Neve se removió y buscó un contacto más estrecho. Estaba en la gloria con la cabeza apoyada en su hombro. Le llegaba su calor, oía los latidos de su corazón, notaba su respiración acompasada y le estremecían las caricias que le prodigaba en el brazo desnudo. El viernes, él le había dicho que la quería y ella se había sentido dichosa, pero ahora no era suficiente. Lo amaba tanto... Inspiró su olor en una profunda bocanada y cerró los ojos fuertemente para que el ímpetu de sus emociones no la desbordara.

—Dijiste que deseabas tanto besarme que no pudiste controlarlo —musitó con inseguridad. Enseguida notó que las mejillas se le calentaban.

—Y te dije la verdad.

—¿Y... ahora? ¿Ya eres capaz de controlarlo o no sientes lo mismo?

Kyle dejó de acariciarla y Neve alzó la cabeza para buscarle los ojos. Le gustó lo que vio en ellos, porque la miraron con devoción, con las emociones desnudas.

—Estoy haciendo un gran esfuerzo por dominarme —susurró.

—¿Y si te pido que no lo hagas?

Él enredó los dedos en su sedosa melena rojiza y le recorrió la cara con una mirada ávida. El brillo que irradiaba aquel rostro tan precioso le inundó el corazón de luz.

—Entonces no lo haré.

Capítulo 12

Descendió la boca y tomó sus labios. Ambos iniciaron un beso sentido, íntimo y especialmente lánguido, pero la necesidad de sentirse más cerca derivó en una unión mucho más apasionada. Neve le tocó la barba rasposa y le rodeó los hombros con un brazo posesivo. Kyle le estrujó deliciosamente la lengua y le mordisqueó los labios, de los que escapaban suaves gemidos de placer. Deslizó una mano bajo su blusa, acarició la piel sedosa de su espalda y luego la desplazó sobre su costado para detenerse en su seno.

—Kyle...
—Dime —susurró contra sus labios.
—Hazme el amor. —Le tomó la cara entre las manos y lo miró con el alma al descubierto, con las cadenas que contenían sus sentimientos ya abiertas—. Te necesito.

Apenas un minuto después, los dos se desprendían de sus ropas en el refugio soleado que formaban los arbustos contiguos a la piscina, oculto del posible escrutinio de algún vecino fisgón con unos prismáticos.

Kyle no había vuelto a estar con una mujer desde

que Nadine se había marchado. El dolor lacerante lo había sumido en una profunda inapetencia por el sexo. Entonces se había topado con Neve, con sus ojos verdes, con su boca sensual, con sus bonitas piernas bronceadas y con esa sonrisa que podía alegrarle el día a cualquiera, y sus instintos naturales se habían reactivado. No sintió culpa alguna al desearla, porque desear a Neve lo hacía sentir mejor persona.

Kyle admiró la sensualidad de su desnudez con cada prenda que le quitaba y acarició cada suave curva de su cuerpo con esa clase de emoción que creaba vínculos indestructibles. La misma que se había adueñado de los cinco sentidos de Neve. Se dejaron caer sobre el tupido manto de césped y reavivaron un beso que extinguió la brisa fresca que se filtraba entre los setos.

—Eres maravillosa, Neve. —Se inclinó para besarle los senos—. Y sabes mucho mejor que tus ciruelas.

A ella se le escapó una risita encantadora que al instante mutó en puro éxtasis. Enredó los dedos en el cabello negro mientras recibía las caricias de su lengua. Los toques delicados, los círculos que trazaba sobre las areolas, las tiernas succiones que alternaba con otras más inclementes... Su mano grande y caliente internándose entre sus muslos.

Se tensó de placer al recibir sus expertas caricias y su alma se inundó de amor. Deleitarse con el tacto de aquel cuerpo tan masculino ya no era suficiente, como tampoco lo era que él tocara el suyo. Necesitaba fundirse con Kyle, que todo lo que había a su alrededor desapareciera, que los dos se encerraran en un lugar mágico al que nada ni nadie pudiera acceder.

—Kyle... —Arrastró las yemas de los dedos sobre su vientre liso y tomó su miembro viril. Lo encontró inflamado, rígido, extraordinario en su tamaño y dispuesto a conducirla a ese lugar—. Te deseo tanto.

—Yo también a ti.

Él se colocó entre sus piernas y Neve cerró esa unión rodeándole la cintura con ellas. Dibujó el óvalo de su cara con el índice y luego la besó de cien maneras distintas. Los muslos de ella le apretaron las caderas al penetrarla y los oídos se le impregnaron con el aliento tibio de sus gemidos.

Sus cuerpos se fusionaron en una danza perfecta, que a veces se desbocaba como un tren descarrilado para después retornar al ritmo cadencioso que les permitía recuperar el aliento.

La emoción henchía el corazón de Neve y mantenía sus ojos bien abiertos. Ni siquiera los cerró cuando el placer se afilaba y la mente se le oscurecía como si la noche cayera repentinamente sobre los dos. Tenía miedo de que desapareciera si pestañeaba.

Una intensa ráfaga de placer le recorrió el interior como una descarga eléctrica y Kyle se encargó de que a la primera le sucedieran otras. Neve murmuró algo ininteligible, clavó los talones en la hierba y arqueó la garganta.

—¿Sabías que tus ojos se vuelven más claros cuando haces el amor? —le preguntó Kyle. Empapado en sudor le sonrió desde arriba—. Me encantan.

—Los tuyos se vuelven más... más oscuros —jadeó—. ¡Oh, Dios, Kyle!

—Neve, mi dulce Neve.

La besó, le perfiló los labios con la lengua y encadenó una sucesión de rápidas penetraciones que la hicieron temblar y agitarse como una hoja. El placer cinceló sus rasgos y sus músculos internos se contrajeron y acentuaron el ya inminente orgasmo de Kyle. Hacer el amor con Neve lo sumió en un estado de absoluta embriaguez. Pero fueron las emociones que leía en su mirada verdosa las que, definitivamente, lo engulleron.

Lentamente, la luz se desvanecía y las temperaturas menguaban, pero el rincón acogedor que formaban los setos los resguardaba de la brisa, que ya soplaba fresca. Además, el cuerpo de Kyle desprendía un calor la mar de agradable, y por eso Neve yacía acurrucada contra él. Habían vuelto a hacer el amor, y la segunda vez había sido incluso mejor que la primera, más sentida y sosegada. Y más dilatada en el tiempo.

No habían hablado mucho. Neve temía que las palabras pudieran cercenar la magia en la que levitaba. Deseaba alargar ese momento tanto como fuera posible porque sus sentimientos estaban total y absolutamente implicados. Lo amaba con toda la fuerza de su corazón, pero entendía que no era recíproco y que pronto iba a sentirse muy desdichada. No quería pensar en más allá del lunes, pero conforme su mente regresaba a la realidad no existía mayor preocupación que esa.

—Anoche rompí mi relación con Barry. —Neve quebró el silencio cómodo y apacible de los últimos minutos—. Tenías razón en todo lo que me dijiste, aunque no quisiera reconocerlo. Estaba tan habituada a la rutina que la había aceptado como algo normal. Anoche me pidió que me casara con él y deseé salir corriendo en otra dirección. Entonces lo comprendí todo.

—Vaya, eso ha tenido que dolerle al pobre Barry —ironizó, y Neve le plantó un manotazo muy poco consistente—. ¿Cómo te sientes?

—Mejor de lo que esperaba. Me entristece el daño que haya podido causarle, aunque sé que se sobrepondrá pronto, en cuanto conozca a otra chica. Barry es así. No tardará en darse cuenta de que yo no soy la mujer que necesita a su lado.

—Has hecho lo correcto.

Kyle le acarició el nacimiento del cabello, deslizó el dedo por el puente cóncavo de su nariz y contorneó sus labios llenos con la yema del dedo. Una sonrisa laxa le curvó los labios mientras la miraba.

—¿Por qué sonríes? —le preguntó ella.

—Porque si a los dieciocho alguien me hubiera dicho que tú y yo íbamos a acabar así... lo habría tomado por loco.

—Si alguien me lo hubiera dicho a mí, habría deseado que estos últimos quince años pasaran lo más rápido posible.

—¿En serio? Me tomas el pelo.

Neve negó. Había llegado el momento de hacerle unas cuantas confesiones.

—Mi madre me compró mi primer sujetador cuando tenía doce años. No había mucho que sujetar, pero yo me sentí muy especial, como si hubiera dado el salto de niña a mujer. A partir de ese momento comencé a verte de otro modo. Dejaste de ser el amigo de mi hermano para convertirte en el chico que hacía que una nube de mariposas revoloteara en mi estómago. ¿Nunca te diste cuenta de que estaba loca por ti?

Tras el impacto inicial, Kyle entornó los ojos como esforzándose por recordar.

—En ocasiones te ponías colorada cuando te hablaba, pero nunca se me pasó por la cabeza que la razón pudiera ser esa. Nos conocíamos de pequeños, nos habíamos tratado como hermanos y yo era cinco años mayor que tú. No, no lo pensé. —Su dedo índice emprendió un lento recorrido por su garganta—. Hubo una vez en la que me llamaste la atención. Estabas haciendo cola en el cine con tu grupo de amigas. Llevabas el pelo suelto, un vestido blanco que dejaba entrever que ya no eras tan niña, y te habías maquillado un poco. Nunca antes te había visto así y... Recuerdo que me sentí atraído por ti.

—¿En serio?

—Sí, pero también me sentí culpable. ¡Aidan me habría dado una paliza si se hubiera enterado! —Sonrió—. Poco tiempo después me marché a Boston. Recuerdo ese día como si fuera ayer. Acababa de despedirme de vosotros en el aeropuerto y allí estaba yo sentado en el avión, alejándome de Howth y añorando todo lo que dejaba atrás. Había estado con unas cuantas chicas, incluso llegué a enamorarme de una, pero sentí que a la única que realmente iba a echar de menos iba a ser a ti. ¿Sabes lo que pienso ahora?

Neve negó con los ojos empañados, no le salían las palabras. También ella se sentía muy cercana a aquel día.

—Que si no me hubiera marchado yo también me habría vuelto loco por ti.

—¿De verdad?

—De verdad. Eres única, Neve. Este último año y medio ha sido una auténtica mierda, pero desde que he llegado a Howth he empezado a sentirme a gusto conmigo mismo. Y eso ha sido gracias a ti, porque te metes en la cabeza de la gente y plantas ilusión donde solo había desdicha. Tú eres así. —Le sonrió—.

Por eso encontrarás a alguien mucho mejor que Barry, y ese alguien será muy afortunado de tenerte.

Neve se irguió y se sentó sobre la hierba, pero tardó en replicar. Una carga de emociones le estrechaba la garganta y no le salían las palabras. Acababa de confirmarle de un modo implícito que él no sería ese alguien. Ella ya lo sabía, pero escucharlo de su propia voz le dolió el doble.

—Yo... Me conformaré con alguien que me haga sentir la mitad de lo que...

Se detuvo a tiempo, tomó aire y se mordió los labios. No quería exponer más su corazón o se rompería en tantos fragmentos que sería imposible volverlos a unir.

Kyle se quedó preocupado. Sabía que Neve albergaba sentimientos por él, pero desconocía que tuvieran tanto alcance. Su mundo emocional era un caos ingobernable desde que Nadine había fallecido, y no estaba seguro de poder superar su pérdida alguna vez. Quería a Neve y no soportaba la idea de hacerle daño.

Ella le leyó los pensamientos, apreció su destemplanza y su nube de felicidad se desintegró de manera inevitable. Acarició el manto de hierba con la palma de la mano y se concedió unos segundos para sobreponerse. Los dos habían accedido a estar juntos de una manera libre y consensuada, sin exigencias ni promesas de ningún tipo. No había reproches que hacer. Pero el corazón le dolía tanto...

—Neve, mírame.

Ella esperó a que los ojos se le secaran antes de encontrarse con su oscura mirada, que estaba impregnada de una profunda desazón.

—Te quiero muchísimo. Lo mejor que me ha pasado en mucho tiempo ha sido regresar a Howth y reencontrarme contigo. Me has devuelto el interés en las cosas más mundanas y sencillas, y me has hecho reír. ¿Sabes cuánto tiempo hacía que no reía? —Le quitó un trocito de césped que se le había quedado adherido al cabello—. Pero no lo he superado. Ella sigue estando presente en casi todas las cosas que hago. Todavía me despierto por las mañanas echándola terriblemente de menos y...

—Shhh... —Neve depositó un dedo sobre sus labios y acalló sus palabras. Acababa de vislumbrar el tamaño de su sufrimiento y era más que suficiente—. Estoy enamorada de ti, Kyle. En el fondo de mi corazón siempre ha sido así e imagino que seguirá siéndolo el resto de mi vida. Pero no te estoy pidiendo nada a cambio. Sé que vas a marcharte y lo acepto. No tienes que sentirte responsable de mis sentimientos.

Kyle le acarició la mejilla. Los ojos se le volvieron a humedecer.

—Tú también has hecho muchas cosas por mí. Has dejado que me apropie de tu jardín para cumplir mi sueño y me has salvado de una vida vacía y sin emociones al lado de Barry. Además, hacía siglos que no disfrutaba tanto del sexo. —Sonrió con aire desvaído—. Estamos en paz, ¿no crees?

—Eres una mujer extraordinaria, Neve Mara.

No existía mayor deseo para Neve que pasar la noche con él y estrujar cada minuto del escaso tiempo que les quedaba juntos, pero eso no habría hecho más que empeorar la despedida. A partir de ese momento y hasta que Kyle se marchara, debía tomar las decisiones con la cabeza, porque solo así podría proteger su corazón.

Condujo de vuelta a casa ahogándose en un mar de lágrimas. Tuvo que colocarse un par de rodajas de pepino en ambos ojos, porque los tenía tan hinchados que apenas si podía abrirlos. No quería que Becca y Caitlyn la vieran así cuando se reunieran para afrontar la última noche de recogida de firmas.

Kyle pasó el resto de la tarde en el porche. Tomó asiento en la vieja mecedora y se bebió un par de cervezas mientras observaba los cambios que la luz menguante provocaba en el formidable paisaje. Su mente trabajaba a toda velocidad.

Después de que Neve se marchara, empezaron a sobrevenirle serias dudas sobre un asunto de gran envergadura que hasta ese momento no se había cuestionado. Dudas que tiñeron sus ánimos de una gran preocupación. Antes de que anocheciera y los campos se sumieran en tinieblas, salió a dar un paseo para aclararse las ideas, pero cuando regresó a la casa el conflicto se había hecho más grande. Esperaba que una noche de sueño le ayudara a resolverlo y que por la mañana todo hubiera vuelto a su ser, porque de lo contrario...

No quería ni pensarlo.

Hizo las maletas después de cenar, prefería no dejar esa tarea para el final. Como no había traído gran cosa terminó en veinte minutos. También guardó sus herramientas de trabajo y sus utensilios de pintura, ya no los iba a necesitar. Por último, colocó sobre el aparador el lienzo al que le había dado los últimos retoques de color ese mismo día. Ya estaba terminado. Ahora debía dejarlo secar durante toda la noche y por la mañana lo llevaría a la tienda de cuadros para que lo enmarcaran. Se retiró unos pasos para contemplarlo de lejos. En su casa de Boston guardaba pinturas de las que se sentía especialmente orgulloso, pero, sin lugar a dudas, aquella era la mejor de todas.

Estaba seguro de que a ella le encantaría.

Las horas de sueño no le sirvieron de nada. Kyle despertó al alba y ya no pudo volver a quedarse dormido. Su conflicto se había hecho tan grande que mientras hacía el camino hacia Dublín en el viejo coche de su padre no estaba seguro de la decisión que iba a tomar llegado el momento. Odiaba estar atrapado en esa tremenda indecisión.

Dorean ya lo esperaba junto a la columnata del magnánimo edificio de estilo georgiano, uno de los más bellos de Dublín. Pero el humor de Kyle le impedía recrearse en el equilibrio perfecto y en las armonías simples de su arquitectura.

Ella lo recibió con una sonrisa. Portaba un maletín de piel con todo el trabajo en común, pero cuando hizo ademán de dirigirse al interior, Kyle la asió por encima del codo y la detuvo.

Dorean supo que algo no marchaba bien, porque sus cejas rubias se fruncieron.

—¿Sucede algo?

Kyle expulsó el aire con desaliento. Se consideraba un profesional muy serio que siempre terminaba todos los trabajos que comenzaba. Jamás había dejado a nadie en la estacada. Pero sus intereses personales habían terminado por despertar y hacerse más fuertes que el conjunto de papeles que Dorean guardaba en el maletín. Para bien o para mal, acababa de tomar una decisión drástica.

—Tenemos que cancelar la reunión.

—¿Por qué? ¿Hemos olvidado algún dato significativo?

—No, no nos hemos olvidado de nada. Se trata de mí. Quiero abandonar el proyecto.

—¿Cómo?

—Sé que te estoy fallando y me odio por ello pero... No me siento bien haciendo esto. Me he equivocado. Creía que construir contigo el complejo hotelero era lo que deseaba hacer, pero me he dado cuenta de que no es así. Lo siento, Dorean.

Dorean cabeceó aturdida.

—¿Esto tiene que ver algo con la jardinera, con Neve?

—No, ella está al margen de mi decisión. Tiene que ver conmigo, con mis raíces. He tardado en darme cuenta de que Howth me importa mucho más de lo que yo me figuraba. No es solo un pedazo de tierra, tiene alma, y yo no soy capaz de hacer algo que pueda destruirla.

Ella lo miraba sulfurada.

—Sé que mis argumentos deben de parecerte una estupidez, pero no tengo otros.

—Esto no es nada serio. Hemos trabajado mucho, primero en la distancia y luego aquí. ¡Me he robado horas de sueño para sacarlo adelante! ¿Qué demonios voy a hacer ahora? La mitad del esfuerzo es tuyo y está en este maletín.

—Utilízalo si quieres, no me importa. Pero no quiero que mi nombre aparezca por ningún sitio.

—¿Estás hablando en serio? —Sus rasgos crispados se relajaron—. ¿Me regalas tu trabajo? ¿Te da igual que asuma yo sola todos los méritos?

—Tú no tienes por qué cargar con mis errores.

Ella terminó de relajarse del todo.

—En ese caso... pospondré la reunión unos días y modificaré los datos. No sé qué decir. Gracias, Kyle.

Él movió la cabeza.

—Me gustaría que me desearas suerte, pero sé que no vas a hacerlo, puesto que ya no crees en esto. Ha sido un honor trabajar codo con codo contigo. He aprendido mucho de ti.

—Para mí también lo ha sido. ¿Quién sabe? Quizás podamos volver a colaborar juntos en el futuro.

—Sería estupendo —afirmó—. Supongo que esto es una despedida. ¿Volverás a Dublín?

—Ya no hago planes a largo plazo, pero es posible, ¿quién sabe?

—Tienes mi teléfono. A mí... no me importaría tomar un vuelo a Boston de vez en cuando.

Kyle sonrió, pero no se pronunció al respecto. Dorean era una mujer preciosa e inteligente, pero nunca la llamaría con esas intenciones. Se despidió de ella estrechándole la mano calurosamente.

Condujo hacia la tienda de la calle Henry para que le enmarcaran el lienzo. Se sentía satisfecho consigo mismo, como si se hubiera arrancado de encima un gran peso. No le había mentido a Dorean. Neve no era la responsable de que se hubiera apartado del proyecto en el último momento. Se había reencontrado con el chaval de dieciocho años que había sufrido el traslado a otro país porque estaba enamorado de su tierra. Él jamás habría colaborado en aquello. No le había deseado ninguna suerte a Dorean. Ojalá la recopilación de firmas de Neve sirviera para algo.

Con el lienzo enmarcado, puso rumbo hacia la zona de Temple Bar para tomarse una Guinness con Aidan. Su viejo amigo había insistido en despedirse de él, aunque insistió mucho más en hacerle prometer que regresaría a Dublín en cuanto tuviera unos días de vacaciones. Ansiaba presentarle a su esposa y a su hijo.

Por la tarde visitó a Maddie en su casa de Windgate Road. Se tomó unas pastas y un té en su compañía mientras charlaban amistosamente sobre la familia y la estancia de Kyle en Howth. Dorean le había explicado lo que había sucedido por la mañana y Maddie le tomó una mano entre las suyas y le dijo que lo entendía. Le entregó una caja de pastas con sabor a canela, que eran las favoritas de su madre, y lo despidió en el umbral de la casa con el compromiso de visitar a toda la familia en Boston, seguramente en fechas cercanas a la Navidad.

Se comió un par de pastas al tiempo que el viejo coche de su padre roncaba al ascender por el camino escarpado del cabo. Era media tarde, y Caitlyn y Neve trabajaban codo con codo en el jardín. La primera agitó una mano en el aire cuando lo vio llegar, pero la segunda solo irguió un poco la barbilla.

El desánimo se palpaba en el ambiente.

Como su avión salía temprano, dio una última vuelta por la casa para asegurarse de que no se dejaba nada olvidado. Luego salió al jardín y se acomodó en el sillón de ratán, sin otra cosa que hacer más que aguardar a que se hiciera la hora en la que la carencia de luz les impidiera continuar con su labor.

Al cabo de un rato recogieron los utensilios y Kyle se puso en pie para despedirse de Caitlyn. La mujer avanzó hacia él emocionada y con los rollizos brazos abiertos en cruz.

—¡Te voy a echar mucho de menos, Kyle! —Su abrazo fue tan demoledor que a un hombre enclenque lo habría dejado sin respiración.

—Yo también a ti. —Jamás pensó que le diría algo así nada menos que a Caitlyn Lynch, pero en los últimos días la había conocido un poco mejor y no era tan terrible como contaba la leyenda. Incluso le había cogido cariño—. Cuídate mucho, ¿vale?

No lo vio venir, ocurrió demasiado rápido. Caitlyn se puso de puntillas, le tomó la cara entre las manos y le estampó un sonoro beso en los labios.

—Madre mía... —Caitlyn se abanicó con una mano.

Rectificó. Sí que era tan temible como contaba la leyenda.

Él rio entre dientes y ella se puso en marcha, sin dejar de abanicarse durante todo el camino hacia su coche. Kyle se pasó el dorso de la mano por los labios, que le había dejado impregnados de carmín de color naranja.

—¿Saben bien los besos de Caitlyn?

Neve se acercó a él con una mueca irónica y con las manos metidas en los bolsillos de sus pantalones cortos. No sabía qué hacer con ellas.

—Son un poco pegajosos, pero no besa tan mal —bromeó.

El humor solo era un escudo para defenderse de aquel momento tan amargo.

—Esta mañana me encontré con Dorean en el ayuntamiento. Me dijo que te habías echado atrás.

—Anoche estuve caminando por ahí. Fui hasta la casa del señor McLoughin, llegué hasta el faro y luego regresé. Empecé a sentir Howth de la misma manera en que lo sientes tú. Del mismo modo que lo sentía antes de marcharme. Y llegué a la conclusión de que edificar un hotel en el cabo no era lo que yo quería hacer. Me abriste los ojos. Solo espero que no sea demasiado tarde.

—Yo también. El alcalde ya tiene todas las firmas sobre la mesa. Estamos dispuestos a manifestarnos como llegue a darle trámite. Pelearemos hasta el final.

Kyle se sentía culpable, podía leérselo en el semblante.

—Y venceremos. —Sonrió, a pesar del nudo que le apretaba la garganta.

—Lo siento, Neve.

Ella negó vigorosa.

Kyle le había quitado la venda de los ojos con respecto a Barry y ella había hecho lo propio con respecto a Howth. Todo el mundo tenía derecho a equivocarse. Estaban en paz.

—Bueno, creo que ha llegado el momento —musitó.

—Sé que soy un egoísta al pedírtelo pero... quédate esta noche conmigo. Podemos tendernos en las tumbonas y mirar el cielo hasta que caigamos rendidos de sueño. Puedes hablar de las estrellas, de las galaxias y de todo lo que se te antoje. No estoy preparado para despedirme ya de ti.

—No... no me pidas eso. —Lo miró acongojada—. Llevo todo el día haciéndome a la idea de que nos diríamos adiós ahora. Si me quedara no podría hablarte de estrellas ni de galaxias, porque estaría demasiado triste para pensar en otra cosa que no fuera en tu marcha. No quiero alargar esta agonía, prefiero que lo dejemos aquí.

Lo que argumentaba era justo. No podía forzarla a hacer nada que empeorara esa incisiva tristeza que los invadía a los dos. Kyle se avino a su decisión con un movimiento afirmativo de cabeza. Luego la envolvió entre sus brazos, estrechándola tan fuerte que temió lastimarla. Enterró la nariz en su cabello para grabarse su olor.

Neve se había propuesto no derramar ni una sola lágrima, ¿en qué estaría pensando cuando creyó que lo lograría? Los ojos se le anegaron como lagos desbordados y las lágrimas se deslizaron por sus mejillas. Kyle se las secó con la yema de los dedos y ella sacó fuerzas para componer una sonrisa. O un intento de algo que se le parecía.

—Te quiero, no lo olvides nunca.
—Yo también te quiero, Kyle.

Aquello dolía, dolía de una manera que atravesaba el corazón y desgarraba el alma. Neve dio unos vacilantes pasos hacia atrás, lo miró por última vez y luego enfiló el camino hacia su coche, caminando todo lo deprisa que sus temblorosas piernas le permitieron.

Capítulo 13

Escogió de la alacena un envase de comida china para la cena y tomó una cerveza del frigorífico a la que le dio un trago mientras la comida se calentaba. No tenía mucho apetito. Se sentía como una mierda. Él era un tío que siempre tenía las ideas claras y ahora estaba tan confundido que tenía que pararse a pensar dónde tenía la mano derecha.

Ojalá las cosas fueran mucho más sencillas.

Por debajo del ruido que generaba el electrodoméstico, le pareció escuchar el sonido de un motor. El microondas silbó y se detuvo. Debió haberlo imaginado, porque el exterior permanecía en silencio.

Salió al jardín por la puerta trasera de la cocina y metió los palillos en el envase. El aroma a madreselva le llegó a la nariz en suaves oleadas, haciéndole evocar la tarde anterior, cuando habían hecho el amor entre los setos. A partir de ahora siempre se acordaría de ella cuando oliera esa planta.

Se terminó el envase de comida china y regresó a la cocina. La digestión se le paralizó de golpe al encontrarse a Caitlyn allí, adoptando una postura sexy bajo el umbral de la puerta principal. Como único atuendo, vestía un horroroso picardías de color púrpura pasado de moda.

—¡Santo Dios!

Caitlyn movió las pestañas cargadas de rímel, y los labios pintados de rojo pasión se arquearon hasta formar una sonrisa coqueta.

—Te he dejado sin palabras, ¿verdad, vaquero?

—Desde luego —afirmó Kyle.

Los pies enfundados en unos altísimos zapatos de tacón de color rojo se movieron en círculo para dar una vuelta de trescientos sesenta grados ante la atónita mirada de Kyle. Habría querido cerrar los ojos para ahorrarse la exhibición, pero la conmoción que sufría era tan tremenda que el puñetero cerebro no le respondía. Vio los enormes lazos en las caderas, el encaje que dejaba vislumbrar las grandes nalgas, los ligueros que se ajustaban a sus muslos blancos y llenos, el escote ribeteado de puntillas que apenas si cubrían un tercio de sus tremendos senos...

Kyle se aclaró la garganta.

—No va a ser posible retratarte, Caitlyn. Sabes que mi vuelo sale mañana temprano.

—Oh, ya lo sé, hombretón. Pero no estoy interesada en tus pinceles, es otra herramienta tuya la que me tienta y me tortura cada vez que te miro. —Clavó una mirada golosa en su entrepierna—. Sé que tú también me deseas, he captado las señales. Y ese beso... ¡Dios mío, qué beso! Todavía me arde la piel.

¿Las señales? ¿Qué señales? Caitlyn no debía de estar acostumbrada a que un hombre fuera amable con ella.

La mujer se mordió el labio inferior y acortó las distancias cimbreando las caderas y sacando pecho. Sus ojos azules recorrieron su cuerpo con lujuria, parecía estar a punto de lanzársele encima.

—Caitlyn, siento decirte que no ha habido ninguna señal por mi parte.
—¿Cómo que no? He visto cómo me miras cuando crees que no te veo. —Sonrió provocativa—. Pero, si quieres jugar a hacerte el despistado, por mí perfecto. Me encantan las estrategias en el sexo.
—Créeme, Caitlyn. No te he mirado de ningún modo especial, solo como a una amiga —le dijo con suavidad, para no herir sus sentimientos—. Lamento si he hecho algo que haya podido confundirte, pero estoy hablando en serio, no estoy utilizando ninguna estrategia.
A ella se le derrumbaron las comisuras de los labios.
—¿De verdad?
—De verdad. —Kyle exhaló el aire y se frotó la nuca. Ella era una mujer muy risueña y atolondrada, no le gustaba verla alicaída. Menos todavía si él era el causante—. Lo siento.
—Entonces, ¿no quieres probar la dulce y jugosa fruta de Caitlyn?
Los tallarines se volvieron indigestos, como si se hubieran convertido en palitos de cemento.
—No, no quiero.
—Qué mala suerte tengo con los hombres. —También se le derrumbaron los hombros—. Siempre me he considerado una mujer muy atractiva, que volvería loco a cualquier tío que me viera así vestida. Pero últimamente he recibido tantas negativas seguidas que empiezo a pensar que los hombres no me desean.
Se desinfló como un globo ante él.
Que Kyle supiera, ningún hombre soltero de Howth estaba interesado en ella, todo lo contrario, Caitlyn les servía de diana para sus estúpidas burlas se-

xistas. En O'Connells había oído de todo. Hacía un par de días se habían reído de él porque la defendió, alegando que era una buena mujer.

—Es un coñazo de tía, querrás decir —había soltado Murphy, el dueño de la cafetería a la que solía ir a desayunar—. Por no hablar de su aspecto. Vestida es terrorífica, así que no me la quiero imaginar desnuda. —Y todos sus amigotes habían prorrumpido en fuertes carcajadas.

La compasión lo guio al lado de la desalentada Caitlyn, y le pidió que se sentara en una de las sillas que había dispuestas en torno a la mesa. Él se apoyó en el canto y le alzó la barbilla con el dedo para que lo mirara. Le habló con tenacidad.

—Escúchame con atención. Tú eres una mujer muy atractiva y tienes un maravilloso interior, así que jamás permitas que nadie te haga dudar de eso. Que yo no esté interesado, o que cualquiera de los idiotas que te han dicho que tampoco lo están, no significa que ahí fuera no haya una legión de tíos dispuestos a estar contigo.

Ella asintió aunque no estaba del todo convencida. Kyle inventó una pequeña mentira piadosa para reconfortarla.

—No es por ti, Caitlyn, es por mí. Es muy probable que me hubiera fijado en ti de no ser porque... porque pienso en otra mujer.

—¿En serio? —Se le aclaró la mirada y los labios dejaron de formar un arco triste.

—En serio.

—Oh... ¡vaya! —Aquello la animó visiblemente y volvió a cuadrar los hombros—. Así que me encuentras atractiva sexualmente.

Kyle se aclaró la garganta para que no se le atascaran las palabras y asintió.

—Por supuesto.

La mujer esbozó una sonrisa taimada y se abanicó con la mano.

—Se trata de Neve, ¿no es cierto?

—¿Cómo dices?

—La mujer en la que piensas.

Kyle no contestó.

—Claro, ahora lo entiendo todo.

—¿Qué es lo que entiendes?

—Las miraditas furtivas que habéis estado cruzando en el jardín a diario. Su ruptura con Barry, que esté tan sumamente abatida con tu partida, que a ti parezca que se te haya desplomado el techo encima... ¡Todo! —Se puso en pie casi de un salto, y sus senos temblaron como dos flanes de gelatina—. ¿Y dices que tienes que marcharte?

Kyle no pensaba hablar de aquello con Caitlyn. No se fiaba de su discreción. Tenía fama de ser una de las mujeres más chismosas de todo Howth; probablemente, de existir el título a la mujer más cotilla de Irlanda, ella se alzaría con la victoria.

—He de hacerlo, mi vida está en Boston.

—Pues yo siempre he pensado que la vida está allí donde se encuentra nuestro corazón. —Apoyó las manos en la cintura y cargó el peso en una pierna. Los tacones la estaban matando—. Voy a decirte una cosa que debes saber. Neve es la mejor persona que he conocido en mi vida, tiene un corazón tan grande que no le cabe en el pecho. Y si ha roto con Barry, que es un hombre adorable, es porque debe quererte mucho. Ella no es como yo, no toma decisiones a la ligera, así que cuando hace algo es porque lo siente de verdad. —Estaba entusiasmada, incluso se llevó una mano al pecho y suspiró. Debía ver demasiados culebrones en la televisión—. Si te largas y la dejas escapar, te arrepentirás antes de que pongas los pies en esa ciudad a la que vas. Neve es única, no hay otra mujer como ella.

Lo último que Kyle necesitaba era que lo sermonearan con discursos que ya conocía. Se frotó la cara con cansancio y luego se cruzó de brazos.

—Lo sé, sé que es especial. Pero las cosas no son tan sencillas como a veces las pintamos, la vida es mucho más compleja. Escucha, Caitlyn, ya es un poco tarde y mañana me espera un día bastante ajetreado. Estaba pensando en irme directamente a la cama cuando te he visto aquí.

—Oh, perdona, no me he dado cuenta de que estás agotado. Tienes ojeras.

—Anoche no dormí demasiado.

Caitlyn agarró su bolso. Kyle pensó que se cubriría con alguna prenda antes de salir a la calle, pero, por lo visto, había salido así de su casa.

—Puede que no te apetezca probar este cuerpo creado para el pecado porque prefieras zambullirte en el de Neve, pero, al menos, haz caso a mis consejos. Sé lo que me digo. Soy unos cuantos años más sabia que tú aunque no te diré cuántos. —Rio, con la mirada traviesa—. Neve es adorable. No seas tonto y no la dejes escapar.

Salió por la puerta dejando tras de sí una estela de su atronadora fragancia. Era imposible no contagiarse del buen humor de esa mujer por muy jodido que uno estuviera.

Al día siguiente, Neve regresó a la casa. Las persianas estaban echadas. Las mesas y sillas del porche ya no estaban allí, y el viejo cedro no acogía bajo sus ramas el caballete en el que pintaba Kyle. Todo estaba inmerso en una soledad abrumadora, tan cargada de melancolía que la atmósfera se le hizo asfixiante.

Fue directa al jardín y vio sobre el banco del mirador un objeto rectangular envuelto en papel marrón. Se acercó a él con intriga. Fuera lo que fuese, estaba segura de que Kyle no se lo había dejado allí por descuido.

Desgarró el papel con la sensación de que allí dentro había un regalo para ella. Un estallido de emoción le atravesó el pecho al descubrirlo. Tomó el lienzo por el marco y admiró cada minúsculo detalle de la pintura con el sol a la espalda y con una avalancha de lágrimas asaltándole los ojos. Así que aquello era lo que Kyle había pintado tan afanosamente después de que destruyera el retrato del faro de Baily.

En la parte inferior, Kyle había estampado su firma, y también había bautizado el cuadro con letra muy pequeña: *El jardín de Neve.*

Sonrió y se secó las lágrimas con los dedos. En la pintura aparecía vestida con una blusa blanca y unos pantalones cortos. Estaba sentada sobre las rocallas, junto a la fuente, con el cabello rojizo brillando al sol y una mirada cándida que tenía posada en el variopinto conjunto de flores que inundaban la parte derecha del lienzo. Los arbustos la rodeaban altos y exuberantes. Las plantas trepadoras estaban muy crecidas y frondosas. El cielo del atardecer lo envolvía todo en una calidez maravillosa.

Kyle siempre había afirmado que era un mero aficionado, pero Neve creía que nadie que se iniciara en la pintura podía recrear con tanta sensibilidad y exquisitez una escena como aquella. Era más que una imagen. Los trazos que la componían desprendían cientos de sentimientos.

Nunca le habían hecho un regalo tan hermoso.
—Gracias, Kyle —musitó, con la voz ahogada.
Lo habría apretado contra su pecho de no ser porque temía estropear la pintura.

Kyle había regresado a Boston con la esperanza de que la distancia y el trabajo acabaran con su desánimo. Pensó que era normal que los primeros días se sintiera como si alguien le hubiera arrancado el corazón del pecho y lo hubiera pisoteado, pero que con el transcurso de las semanas superaría esa insoportable sensación de echarla tanto en falta. No fue así. Su aflicción se hizo mucho más aguda.

Se sentía extraño, porque esa aflicción no poseía la misma naturaleza que aquella otra que lo había mantenido desenganchado de la vida desde que Nadine faltó a su lado. Su paso por Howth le había devuelto el interés por todas las cosas buenas que pudiera depararle la vida, pero, al mismo tiempo, le había quitado a Neve.

Neve.

Extrañaba su voz, su sonrisa, la chispa de sus ojos verdes, su inquebrantable espíritu luchador, su optimismo y su dulzura. Sus locuras y travesuras. El olor de su piel y el tacto de su cuerpo cuando hicieron el amor. Echaba de menos cada puñetero minuto del tiempo que había pasado con ella.

No lograba concentrarse en ninguna tarea que emprendía, porque Neve interfería en sus pensamientos de manera constante. Y eso al mismo tiempo lo aliviaba, porque ya no era el cabello oscuro y los ojos de color miel de Nadine los que evocaba con la misma insoportable frecuencia e intensidad de antes, sino que era la melena pelirroja y los preciosos ojos verdes de Neve los que no podía arrancarse de la mente.

Una soleada mañana de finales de agosto se levantó de la cama con la mente despejada, sabiendo exactamente lo que tenía que hacer. Había amado a Nadine con toda su alma, pero se había equivocado al creer que jamás podría volver a amar a ninguna otra mujer.

En las afueras de Boston, a unos quince minutos en coche, se encontraba el boscoso parque Olmsted, al que Nadine y él solían acudir algunos domingos por la tarde para relajarse a orillas del estanque. Estaba convencido de que sería allí, en las cristalinas aguas del Leverett, rodeada del intenso verdor de los montes que lo coronaban, donde a ella le gustaría descansar para siempre.

Sujetando su urna contra el pecho, se colocó a orillas del estanque y se despidió de ella con palabras emotivas que nunca había sido capaz de pronunciar, porque el dolor lo paralizaba.

Una bandada de patos pequeños capitaneada por la madre graznaba alegremente al tiempo que cruzaba las aguas hacia zonas más profundas. Kyle destapó la urna y lanzó las cenizas al agua. Jamás la olvidaría, siempre ocuparía un lugar privilegiado en su corazón, pero había llegado el momento de romper ese vínculo que lo mantenía encadenado a una vida triste y vacía.

Nadine era la mujer más generosa que jamás había conocido. Si pudiera verlo desde allá donde estuviera, estaba seguro de que le sonreiría.

Como hacía cada mañana al levantarse, incluso antes de ducharse, llenó la regadera de agua y regó las plantas que adornaban la pequeña terraza de su casa. Septiembre había llegado a Howth y el sosiego de los últimos días veraniegos tomaba las calles. Siempre le había gustado la melancolía del otoño, sus colores y sus olores, sus amaneceres y sus atardeceres. Sus días más cortos y sus noches más largas. Era su estación favorita del año, pero su corazón ya soportaba demasiada melancolía.

Se dio una ducha rápida y se puso unos vaqueros desgastados, una camiseta sin mangas y una chaqueta fina. Las temperaturas también habían descendido notablemente.

El timbre de la puerta sonó cuando se preparaba el desayuno en la cocina. No esperaba la visita de nadie y menos a la hora de marcharse a trabajar. Abrió la puerta a un espectacular ramo de flores. Rosas rojas, pálidas gerberas y crisantemos blancos aromatizaron su recibidor e iluminaron el día grisáceo con la belleza de sus colores. Pensó que Becca se había equivocado de domicilio, aunque, ¿qué demonios hacía Becca repartiendo flores tan temprano?

La rubia cabeza de su amiga asomó a un lado del ramo y le mostró una sonrisa espléndida.

¿Así que no era un error?

—¿Qué haces aquí? ¿Y esto qué es?

—Es un ramo de flores, tonta. Y es para ti. Ten.

Asombrada, Neve lo recogió de sus brazos.

—¿No te gusta?

—Claro que me gusta, es precioso, pero... ¿quién demonios lo envía? ¿Y por qué sonríes de ese modo tan peculiar? No me gusta cuando te ríes así. Espero que no haya sido Martin Keenan, ya le he dicho que no tengo ningún interés en salir con él.

—¿Por qué no le echas un vistazo a la tarjeta? —sugirió Becca.

La encontró camuflada entre las ramas de helecho.

Es asombroso el trabajo que has realizado en el jardín. ¡Incluso has instalado un cenador! Estoy muy orgulloso de ti, mi pequeña pelirroja.

Volvió a leerla de nuevo. No era posible que... El corazón se le disparó. La tarjeta le tembló entre los dedos.
—¿Kyle? No puede ser...
Becca se encogió de hombros.
—Quizás quieras comprobarlo por ti misma. Yo abriré la tienda y me encargaré de todo.
Un sinfín de emociones le colapsó el cerebro. Becca ya se había marchado y ella continuaba en el umbral de casa con la puerta abierta de par en par y la mirada perdida en los chalets de enfrente. De camino a la cocina volvió a leer la tarjeta una, dos y hasta tres veces seguidas.
¿Qué estaría haciendo Kyle en Howth? Nunca dijo que no fuera a regresar, pero ¿tan pronto? Trabajo. Seguro que le había surgido algo interesante. A lo mejor, Dorean había vuelto a solicitarle que colaborara con ella en alguna otra historia ahora que su proyecto había sido rechazado por el ayuntamiento.
Llenó un jarrón con agua y metió el ramo. Se entretuvo en arreglar las flores con mucho mimo mientras se hacía más preguntas y alargaba el tiempo innecesariamente.
Tenía miedo.
Todavía luchaba por superar el terrible vacío que él había dejado en su vida tras su marcha. No sabía cómo podía afectarle volver a verlo.

Se bebió el café, pero no lo acompañó con el cruasán que solía tomar para el desayuno porque se le había cerrado la boca del estómago. Hizo más tiempo y hasta fregó la taza. Luego ya no hubo ninguna tarea más de la que ocuparse. Podría haber pasado la aspiradora, pero eso no habría hecho más que retrasar tontamente un encuentro inevitable.

Hizo el camino hacia el cabo con el corazón bailándole en el interior del pecho. ¡Pensó que le rompería el esternón! La casa, el cedro y un fragmento del jardín aparecieron al final del camino, pero no vio a Kyle. Todo estaba exactamente igual que la tarde anterior. Las persianas seguían bajas, la puerta del garaje estaba cerrada y el cedro solo disfrutaba de la compañía de los pájaros.

Lo encontró en el mirador.

Kyle observaba el mar con las manos metidas en los bolsillos de unos vaqueros oscuros, de espaldas a ella.

La impresión detuvo sus pasos y una avalancha de imágenes desfiló por su mente como los fotogramas de una película. Felices recuerdos de momentos compartidos. Tristes recuerdos de un amor no correspondido. Suspiró profundamente y reanudó el paso cuando se sintió preparada. Él se giró y la miró como si acabara de encontrar algo de gran valor que hubiera dado por perdido. Estaba tan atractivo... Si no fuera porque estaba decidida a dominar sus sentimientos habría corrido al galope esos metros que los separaban y se habría arrojado a sus brazos.

—Kyle, ¿qué haces aquí? —Consiguió pronunciar.

Su gran estatura se elevó sobre ella como una montaña y su añorado rostro ocultó las nubes que se desplazaban en el cielo.

—He vuelto para comprobar los avances del jardín. Es una maravilla lo que has hecho con este lugar, Neve. —Miró alrededor—. ¿Cuándo dijiste que vendrían a valorarlo?

—Dentro de un mes, más o menos.

Kyle estaba tan relajado y se expresaba con tanta naturalidad que nadie diría que su despedida había sido tan dolorosa.

—No creo que solo hayas venido para ver el jardín.

—Bueno, y para volver a saborear el mejor marisco del mundo. Lo he probado en muchos lugares, pero como el que sirven en los bares del puerto de Howth no hay ninguno. —Neve enarcó las cejas y Kyle se acercó un poco más. Ya no pudo apartar los ojos de ella—. Y quería volver a verte. ¿Te han gustado las flores?

—Son... preciosas. ¿Becca te dijo que eran mis favoritas?

—Ha sido una excelente aliada. Ha mantenido en secreto que venía a Howth algo más de veinticuatro horas.

—Sabe guardar muy bien los secretos.

Su mirada oscura le acarició el rostro. Neve cruzó las manos y apretó los dedos.

—Tampoco creo que hayas cruzado el charco por esos motivos. ¿Algún proyecto nuevo a la vista con Dorean? No sé si sabrás que el ayuntamiento arrojó a la basura su complejo hotelero.

—Me lo comentó por correo electrónico y se me puso tu misma cara de satisfacción. Ahora que voy a instalarme aquí odiaría que una mole de cemento y ladrillo me fastidiara las vistas. No, no he venido por trabajo.

A Neve le tembló la barbilla.

—¿Has dicho que vas a instalarte aquí?

Kyle esbozó una media sonrisa.

—Neve...

Ella lo miró anhelante.

—Qué guapa estás. Qué ganas tenía de ver esta cara tan preciosa.

Le tomó la cabeza entre las manos y se la alzó.

—Estos dos últimos meses han sido un auténtico infierno. Has estado presente en cada cosa que he hecho. Te has convertido en la propietaria de todos mis pensamientos. —Le pasó los pulgares por las mejillas—. Estoy aquí porque no puedo vivir sin ti. Ni quiero hacerlo.

—Kyle...

Neve no pudo articular más palabras. Sus latidos apagaron el sonido de las olas que rompían contra los acantilados.

—Espero que no haya otro hombre en tu vida, porque tendrá que salir de ella antes de que acabe el día.

—No... no lo hay. —Las rodillas se le habían aflojado tanto que no entendía cómo la sostenían—. ¿Significa eso que...?

—¿Recuerdas cuando te dije que la historia de amor entre Nadine y yo fue de las que solo aparecen una vez en la vida?

Ella asintió con aire pesaroso y él acercó los labios a su boca.

—Pues estaba equivocado, porque te amo como un loco, Neve Mara.

Volcó en un beso urgente y abrasador el contenido de sus palabras, y lo alargó hasta que le dolieron los labios y se grabó a fuego su sabor. Hasta asegurarse de que sus sentimientos eran recíprocos y respondían a la misma necesidad de estar juntos que lo devoraba a él.

—Kyle... —La emoción hacía brillar sus ojos, dándoles la apariencia de las esmeraldas. Neve le acarició la cara y deslizó los dedos en su cabello. Le expresó con su amorosa manera de observarlo que acababa de convertirla en la mujer más feliz del planeta—. Yo también te amo como una loca.

Kyle sonrió. Ella también acababa de convertirlo en el hombre más feliz de la tierra.

—Perdóname por haber sido tan estúpido. Nunca quise hacerte daño. —Ella negó despacio—. Estaba confundido. Tenía miedo.

—Lo sé, Kyle. Y jamás te juzgué por ello.

—Ahora el único miedo que tengo es no estar a tu lado.

Lágrimas de dicha enturbiaron la mirada de Neve al tiempo que se echaba a reír. Se abrazó a él tan fuerte y con tanto ímpetu que estuvieron a punto de caer al suelo.

Al cabo de un rato, mientras se relajaban en la cama tras hacer el amor dos veces consecutivas, él la puso al corriente de lo que había ocurrido en el último mes, así como de sus planes futuros, que todavía no había tenido la ocasión de contarle dado el apremio con el que habían acudido al dormitorio.

—He estado buscando un estudio en Dublín y he encontrado algunos que se adaptan a mis intereses. En los próximos días iré a verlos y en cuanto me decida por uno prepararé el traslado.

—¿Y tus clientes de Estados Unidos?

—Tendré que hacer viajes regulares a Boston para atenderlos, pero mi centro de trabajo estará aquí, en Dublín. Contigo. Tan cerca de ti que quiero que hagas las maletas cuanto antes para que te vengas a vivir conmigo. ¿Qué me dices? —La besó en la punta de la nariz—. ¿Te apetece enfrascarte en una mudanza y venirte a vivir al cabo?

Hizo como si se lo pensara, y Kyle arrugó tanto el ceño que ella explotó en carcajadas.

—Te vas a enterar de lo que es bueno.

La encaramó a su cuerpo y rodaron sobre la cama, envueltos en risas, abrazos y besos.

Epílogo

Mes y medio después.

Neve estaba tan nerviosa que se había destrozado las uñas de los pulgares con los dientes. Se hallaba esperando a que se produjera esa posible llamada telefónica que cambiaría su futuro laboral, pero el maldito móvil se negaba a romper su insoportable silencio.

El cenador era testigo de sus nervios, hacía un buen rato que daba vueltas y más vueltas en círculo. Terminaría sacándole brillo al suelo. Hubiera preferido no tomarse la mañana libre para mantenerse ocupada, pero nada más asomar la nariz por la floristería, Becca le había dicho que se marchara a casa a leer un libro, que diera un paseo o que fuera a darle de comer a las focas, porque cuando se ponía nerviosa no había quien aguantara a su lado.

Neve le dio la razón y le hizo caso. Unos alicates en sus manos podrían haber acarreado consecuencias desastrosas.

El jurado, formado por tres profesionales de la revista *Tu jardín*, había estado allí hacía diez días exactos. Tomaron cientos de fotografías, inspeccionaron cada minúsculo rincón y hasta recogieron muestras de las diferentes clases de tierra que Neve había utilizado para abonar el terreno. Realizaron un análisis muy concienzudo que les llevó no menos de cinco horas. Y mientras llevaban a cabo su trabajo ella los había observado fijamente, intentando descifrar en sus rostros inexpresivos si les gustaba lo que veían, si sabrían apreciar que se había dejado la piel en ese jardín.

Pero no sacó nada en claro.

Para bien o para mal, los diez días de incertidumbre ya habían acabado. Era el día del fallo. El afortunado ganador recibiría una llamada durante el transcurso de la mañana, pero los minutos pasaban inclementes y le cargaban el pecho de una ansiedad terriblemente angustiosa.

Kyle le había repetido hasta la saciedad que dejara de proyectar todas sus esperanzas en el concurso, que si no lo ganaba no sería el final de su carrera. Él la animaba mucho cuando el pesimismo la invadía. Le decía que el jardín del ganador no tenía por qué ser el mejor de todos, porque, al fin y al cabo, la elección estaba basada en la opinión de tres personas.

—Siempre puedes volver a presentarte el año que viene o rellenar la solicitud para otro concurso distinto. Es más, voy a decirte algo de lo que estoy plenamente convencido. Ganes o no el gran premio, cuando publiquen en la revista las fotografías de los diez jardines más valorados, empezarán a lloverte las ofertas —le había asegurado Kyle.

—Estás dando por hecho que quedará entre los diez finalistas.

—Por supuesto. ¿Quieres que nos apostemos algo?

El teléfono móvil vibró entre sus manos sudorosas y a punto estuvo de caérsele al suelo. No conocía el número que aparecía en la pantalla y la boca se le secó como si acabara de masticar un puñado de tierra. Un hombre con la voz muy ronca que se identificó como Charles Brennan le preguntó si era Neve Mara. Ella respondió con un tembloroso monosílabo afirmativo, cerró los ojos y apretó los dientes tan fuerte que le dolió la mandíbula.

Solo escuchó que le decía que había ganado el concurso de la revista *Tu jardín*. El resto de las explicaciones le llegaron como si se las dijeran desde el otro extremo de un largo túnel.

Se sentó, las rodillas le chocaban entre sí.

Unas cuantas horas más tarde celebró el triunfo en O'Connells rodeada de un buen puñado de amigos, conocidos y familiares, entre los que se encontraban sus padres, Aidan y, por supuesto, Kyle. Nada más conocer la noticia, se había subido al coche y había puesto rumbo al estudio de Kyle en Dublín. Ansiaba decírselo en persona. No podía dar por teléfono una noticia como aquella.

Neve pagó dos rondas seguidas de Guinness y los brindis se sucedieron sin cesar. Recibió vítores, besos, abrazos y felicitaciones de todo el mundo. Howth se alegraba del triunfo de una de sus ciudadanas más queridas. La chica de los bellos jardines. La mujer que había conseguido que ninguna máquina excavadora con fines poco éticos usurpara aquellas tierras tan amadas por todos.

Pasado un buen rato, se levantó de las piernas de Kyle —sobre las que había permanecido sentada durante todo el tiempo—, y pronunció un pequeño discurso de agradecimiento. Lo finalizó con la mención especial a tres personas que, de una u otra forma, la habían ayudado a que aquello fuera posible.

—Y para terminar, quiero expresarte mi eterna gratitud a ti, Becca. Aguantaste sin rechistar el mal humor que me ocasionaba el estrés y te hiciste cargo del negocio cuando yo me pasaba todo el día yendo y viniendo.

A la joven se le humedecieron los ojos.

—También a Caitlyn, ¡mi querida Caitlyn! ¿Qué habría hecho yo sin ti? Gracias por haberme ayudado tanto en el jardín de Kyle y por haber estado a mi disposición cada vez que te he necesitado.

Caitlyn se echó a llorar como una niña pequeña.

—Soy yo quien está agradecida contigo, cariño. Necesitaría vivir cien vidas para pagarte todo lo que has hecho por mí —aseguró la mujer—. Jamás olvidaré lo generosa que has sido. Me ofreciste un trabajo cuando nadie estaba dispuesto a emplearme y pusiste a este hombre maravilloso que tengo al lado en mi camino. Gracias por romper con Barry.

Todos se echaron a reír mientras la peculiar pareja de enamorados se besaba. Tiempo atrás, Neve quedó muy sorprendida cuando una mañana Caitlyn atravesó las puertas de la floristería para decirles que había tenido una cita con Barry y que la había besado en la despedida. Al principio, Neve pensó que exageraba, pero pronto descubrió que no lo hacía. Se habían enamorado. Caitlyn estaba radiante y a Barry nunca lo había visto tan feliz.

—Ahora, con el prestigio que te otorgará el premio, te lloverán tantos encargos que necesitarás ampliar el negocio y la mano de obra, ¿verdad que sí?

—Verdad. ¿Cuento contigo?

—Oh, ¡por supuesto!

Caitlyn le dio un abrazo tan sentido que le cortó la respiración. Hasta le costó reanudar su pequeño discurso.

—Por último, aunque no menos importante, gracias a ti, Kyle, por cederme el terreno, y por regalarme alas con las que nunca pensé que volaría tan alto. Te quiero.
　　—Yo también te quiero, amor mío.
　　Kyle le tomó la cara entre las manos y la besó apasionadamente delante de todo el mundo. Luego alzó la cabeza de esos labios que lo volvían loco y preguntó:
　　—¿Podéis continuar la fiesta sin nosotros?

ÚLTIMOS TÍTULOS PUBLICADOS EN HQN

Cuando nos conocimos de Susan Mallery

Sin ataduras de Susan Andersen

Sígueme de Victoria Dahl

Siete noches juntos de Anna Campbell

La caricia del viento de Sherryl Woods

Di que sí de Olga Salar

Vuelve a quererme de Brenda Novak

Juego secreto de Julia London

Una chica de asfalto de Carla Crespo

Antes de besarnos de Susan Mallery

Magia en la nieve de Sarah Morgan

El susurro de las olas de Sherryl Woods

La doncella de las flores de Arlette Geneve

Vuelve a casa conmigo de Brenda Novak

Acariciando la oscuridad de Gena Showalter

La chica de las fotos de Mayte Esteban

Made in the USA
Monee, IL
03 May 2026